CERDDI'R COF

GOREUON
BARDDONIAETH
I BLANT

GOLYGWYD GAN

Mererid Hopwood

DARLUNIAU GAN

Lisa Fox, Dai Owen a Gillian F. Roberts

DREF WEN

Noddwyd gan Lywodraeth Cynulliad Cymru

Cynnwys

Rhagair

Maen nhw'n dweud nad yw cof y cyfrifiadur mwyaf pwerus yn y byd yn ddim i'w gymharu â chof pobl. Ac o holl bobl y byd, y rhai gorau am ddysgu pethau ar eu cof yw plant. Wrth gwrs, mae angen ymarfer cofio pethau, fel mae angen ymarfer sgorio gôl neu chwythu'r trwmped neu ganu. Yn y casgliad hwn mae nifer o gerddi y mae pobl Cymru wedi dewis eu cofio ar hyd y blynyddoedd. A dyma nhw i chi nawr gael eu mwynhau a'u cofio. Darllenwch nhw, naill ai'n dawel bach, neu'n well fyth, mas yn uchel. Peidiwch â phoeni os nad ydych yn deall pob un gair ym mhob un llinell. Edrychwch ar y lluniau, neu, gorau oll, gadewch i'ch dychymyg eich hunan weld lluniau wrth i chi glywed y geiriau. Dewiswch rai o'ch hoff gerddi. Yna, gydag amser, fydd dim angen y llyfr arnoch chi am fod gennych chi gasgliad bach personol yn ffeil eich cof sy'n mynd gyda chi i bob man . . .

Ond cofiwch alw'n ôl i edrych rhwng y cloriau bob hyn a hyn . . . falle cewch chi eich synnu! Mae'r cerddi hynaf yn y byd yn gallu cynnig rhywbeth newydd yn aml iawn.

Mererid Hopwood

DWEDAI HEN WR

Dwedai hen wr llwyd o'r gornel,
'Gan fy nhad mi glywais chwedel,
a chan ei daid y clywsai yntau,
ac ar ei ôl mi gofiais innau.'

Traddodiadol

LLAW

Rwyf finnau'n gallu estyn llaw
i gwrdd ag unrhyw un,
ac os oes pensil ynddi hi
rwy'n gallu tynnu llun.

Rwy'n gallu cydio'n dynn mewn sêt
wrth fynd ar reid mewn ffair,
a'i chodi hi i ddweud ffarwél
heb orfod siarad gair.

Rwy'n gallu canu'r nodau i gyd
ar biano, do re mi.
Rwy'n gallu anfon neges fach
i ddweud, 'Fe'th garaf di'.

Rwy'n gallu cario baich fy mrawd,
a mynd i'r maes i hau,
ond 'all fy nwylo wneud dim byd
os yw fy nwrn ar gau.

Tudur Dylan Jones

Y DARLUN

Dwy law yn erfyn sydd yn y darlun
wrth ymyl fy ngwely i;
bob bore a nos mae'u gweddi'n un dlos,
mi wn er na chlywaf hi.

Pan af i gysgu, mae'r ddwy law hynny
wrth ymyl fy ngwely i
mewn gweddi ar Dduw i'm cadw i'n fyw,
mi wn er na chlywaf hi.

A phan ddaw'r bore, a'r wawr yn ole
wrth ymyl fy ngwely i,
mae'r weddi o hyd yn fiwsig i gyd,
mi wn er na chlywaf hi.

Ryw nos fach dawel fe ddwg yr awel
o ymyl fy ngwely i
y weddi i'r sêr, fel eos o bêr,
a minnau'n ei chlywed hi.

T Rowland Hughes

11

Sŵn

Liw nos ni chlywir, medden nhw,
ond hwtian oer y gwdi-hŵ:
mae pawb a phopeth yn y cwm
yn ddistaw bach, yn cysgu'n drwm.

Ond celwydd noeth yw hynny i gyd,
mae'r nos yn llawn o sŵn o hyd;
mi glywais i, un noson oer,
sŵn cŵn yn udo ar y lloer.

Mi glywais wedyn, ar fy ngair,
sŵn llygod bach yn llofft y gwair –
rhyw sŵn fel sŵn y gwynt trwy'r dail,
rhyw gyffro bach a sibrwd bob yn ail.

A chlywais wedyn, ar ôl hyn,
grawcian brogaod yn y llyn;
a chlywais unwaith, ar fy ngwir,
gyfarth y llwynog o'r Graig Hir.

Pan ddring y lloer a'r sêr i'r nen,
a gwaith y dydd i gyd ar ben,
pan gilia pawb i'r tŷ o'r clos,
cawn gyfle i wrando ar leisiau'r nos.

T Llew Jones

Un Noswaith Ddrycinog

Un noswaith ddrycinog mi euthum i rodio
hyd lannau y Fenai gan ddistaw fyfyrio;
y gwynt oedd yn uchel a gwyllt oedd y wendon
a'r môr oedd yn lluchio dros waliau Caernarfon.

Ond trannoeth y bore mi euthum i rodio
hyd lannau y Fenai, tawelwch oedd yno;
y gwynt oedd yn ddistaw a'r môr oedd yn dirion
a'r haul oedd yn t'wynnu ar waliau Caernarfon.

Traddodiadol

LLONGAU MADOG

Wele'n cychwyn dair ar ddeg
o longau bach ar fore teg:
wele Madog ddewr ei fron
yn gapten ar y llynges hon.
Mynd y mae i roi ei droed,
ar le na welodd dyn erioed:
antur enbyd ydyw hon,
ond Duw a'i deil o don i don.

Sêr y nos a haul y dydd,
o gwmpas oll yn gwmpawd sydd:
codai corwynt yn y De,
a chodai'r tonnau hyd y ne':
aeth y llongau ar eu hynt,
i grwydro'r môr ym mraich y gwynt;
dodwyd hwy ar dramor draeth,
i fyw a bod er gwell er gwaeth.

Wele'n glanio dair ar ddeg
o longau bach ar fore teg:
llais y morwyr glywn yn glir,
'rôl blwydd o daith yn bloeddio *'Tir!'*
Canant newydd gân ynghŷd,
ar newydd draeth y newydd fyd –
wele heddwch i bob dyn,
a phawb yn frenin arno'i hun.

Ceiriog

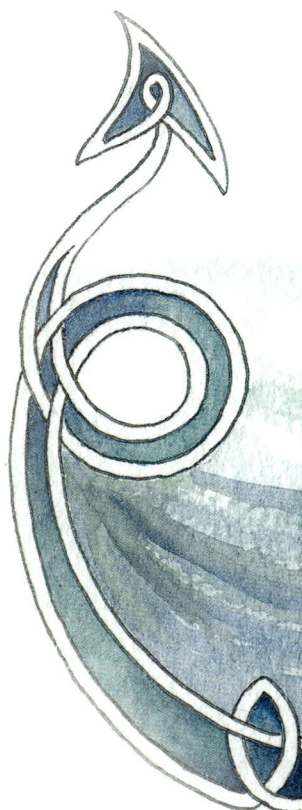

DAWNS Y DON

Y mae'r gwyliau'n gorffen heno
ond mae siawns gan bawb i ddawnsio
dawns y don cyn dweud 'Nos Da'.
Dere draw ar hyd yr ewyn,
heibio'r teid i barti wedyn –
mae hi'n hwyr, ond der, mwynha!

Mae gitâr ac offer taro
yn y gân o'r creigiau heno:
drwm a bâs yw storm y bae.
Y mae parti'n llenwi'r llanw
ac mae golau disgo'n galw –
mae hi'n hwyr, ond rhaid mwynhau!

Ceri Wyn Jones

16

LLE BACH TLWS

Mae yno goed yn tyfu
o gwmpas y lle bach tlws,
a dim ond un bwlch i fynd drwodd
yn union 'run fath â drws.

Mae gwenyn o aur ar y brigau
a mwclis bach coch ar y coed,
a merched bach glân yno'n dawnsio
na welsoch eu tebyg erioed.

Dywedais wrth Idris amdano,
mae Idris yn ddeuddeg oed –
ond erbyn mynd yno, 'doedd Idris
yn gweled dim byd ond coed.

T Gwynn Jones

Y Draenog

Pan oeddwn i'n myned
    un bore drwy'r coed,
mi welais beth rhyfedd
    ar lawr wrth fy nhroed.

Hen dwmpath bach pigog,
    'run lled a'r un hyd,
a thrwyn fel trwyn mochyn,
    yn gryndod i gyd.

Mi blygais i siarad,
    a siarad fel ffrind:
ymlaen yr oedd yntau,
    mae'n amlwg, am fynd.

Ac yna, i'w rwystro,
    estynnais fy mys;
fe gaeodd fel pelen,
    a hynny ar frys.

Ac O! roedd o'n bigog,
    yn bigog i gyd;
ac nid oedd am agor
    i neb yn y byd.

Ymlaen yr es innau
    a'i adael o'i go,
hen beth bach rhy bigog
    i wneud dim ag o.

J Eirian Davies

Beth yw'r Brys?

Tra bydd y ceir yn rhuthro
ar hyd y ffordd osgoi,
mi fydda i'n dal i grwydro,
mi fydda i'n dal i gnoi.

Tra bydd yr eira'n flanced
ar hyd fy mwng di-nod,
mi fydda i'n dal i wylio
y byd yn mynd a dod.

Mi fydda i'n dal i aros,
yn nannedd main y gwynt,
o ddydd i ddydd gan wybod
na ddaw yr haf ddim cynt.

Meirion MacIntyre Huws

19

TRAETH Y PIGYN

Ddoi di gen i i Draeth y Pigyn
lle mae'r môr yn bwrw'i ewyn?
Ddoi di gen i? Ddoi di gen i?
Ddoi di ddim?

Ddoi di i godi castell tywod
a rhoi cregyn am ei waelod?
Ddoi di gen i? Ddoi di –
ddoi di ddim?

Fe gawn yno wylio'r llongau
a chawn redeg ras â'r tonnau.
Ddoi di gen i?
Ddoi di ddim?

O, mae'n braf ar Draeth y Pigyn
lle mae'r môr yn bwrw'i ewyn,
pan fo'r awel yn y creigiau,
pan fo'r haul ar las y tonnau.
Tyrd gen i i Draeth y Pigyn,
fe gawn wyliau hapus wedyn.
Ddoi di gen i? Ddoi di gen i?
Gwn y doi!

T Llew Jones

TRÊN GWYLIAU

Trên di-atal a ddaliwn,
trên cael laff, trên cŵl yw hwn:
y trên hanner-awr-'di-tri,
trên glân, trên gwyliau 'leni.
Trên gwenu, trên gwahanol,
trên hir sy'n gwrthod troi 'nôl;
trên i chware'r ber heb ots,
trên i adar, trên idiots!
Trên hud fel taran ydyw,
trên dianc, trên ifanc yw
yn mynd ar drip, mynd o'r dre
draw i'r haul, draw i rywle.

Ceri Wyn Jones

22

CENHINEN PEDR

Mae cenhinen Pedr gennyf
mewn pot blodyn ar ben stôl,
ond sai'n siŵr beth fydd yn digwydd
pan fydd Pedr moyn hi nôl!

Ceri Wyn Jones

Clychau'r Gog

Dyfod pan ddêl y gwcw,
myned pan êl y maent,
y gwyllt atgofus bersawr,
yr hen lesmeiriol baent;
cyrraedd, ac yna ffarwelio,
ffarwelio – Och! na pharhaent.

Dan goed y goriwaered
yn nwfn ystlysau'r glog,
ar ddôl a chlawdd a llechwedd
ond llechwedd lom yr og
y tyf y blodau gleision
a dyf yn sŵn y gog.

Mwynach na hwyrol garol
o glochdy Llandygái
yn rhwyfo yn yr awel
yw mudion glychau Mai
yn llenwi'r cof â'u canu;
Och! na bai'n ddi-drai!

Cans pan ddêl rhin y gwyddfid
i'r hafnos ar ei hynt
a mynych glych yr eos
i'r glaswellt megis cynt,
ni bydd y gog na'i chlychau
yn gyffro yn y gwynt.

R Williams Parry

Dawns y Dail

Fe waeddodd gwynt yr hydref,
mae'n waeddwr heb ei ail,
'Dewch i sgwâr y pentre i gyd
i weled dawns y dail.

'Rwy'n mynd i alw'r dawnswyr
o'r perthi ac o'r coed,
a byddant yma cyn bo hir
yn dawnsio ar ysgafn droed.'

I ffwrdd â gwynt yr hydref
â'i sŵn fel taran gref,
a chyn bo hir fe ddaeth yn ôl
a'r dawnswyr gydag ef.

Oll yn eu gwisgoedd lliwgar,
o'r glyn a choed yr ardd,
rhai mewn melyn, gwyrdd, a choch,
a rhai mewn porffor hardd.

A dyna'r ddawns yn cychwyn,
O! dyna ddawnsio tlws,
a chlywais innau siffrwd traed
wrth follitio a chloi'r drws.

Ond pan ddihunais heddiw
roedd pibau'r gwynt yn fud,
a'r dawnswyr yn eu gwisgoedd lliw
yn farw ar gwr y stryd.

T Llew Jones

Y Garreg Filltir

Ffordd yr elych i Landeilo
tros y mynydd o Gwm Lôn,
trwch o fwswg ar ei thalcen
a gwellt y mynydd yn ei bôn,
yno saif hen garreg filltir,
llafn un-wyneb garw'i bryd,
'Deuddeg milltir i Landeilo',
yw ei stori, dyna i gyd.

Yno roedd pan euthum gynta'n
llencyn ysgol ar fy nhaith,
neb i ddweud fy hiraeth wrtho
a melysu'r filltir faith,
boed dy ofid faint a fynno,
boed dy ddagrau rif y gro,
'Deuddeg milltir i Landeilo',
ebe'r garreg, boed a fo.

Ddyfnder gaeaf pan na fentro
undyn tros y mynydd mawr,
a lluwchfeydd o eira'n gorwedd
ar ei hwyneb hithau'n awr,
gad i'r heulwen unwaith eto
olchi grudd y garreg hen,
'Deuddeg milltir i Landeilo',
ebe hithau ar ei gwên.

Yma'i rhoddwyd gynt gan rywun
nad yw mwy ar dir y byw,
yma safodd drwy'r blynyddoedd –
carreg fedd yr oesoedd yw,
a phan bylo'r bras lythrennau,
hithau'n malu, ddarn ar ddarn,
deuddeg milltir fydd o'r fangre
i Landeilo hyd y Farn.

Nantlais

MELIN TREFIN

Nid yw'r felin heno'n malu
yn Nhrefin ym min y môr,
trodd y merlyn olaf adre'
dan ei bwn o drothwy'r ddôr,
ac mae'r rhod fu gynt yn rhygnu
ac yn chwyrnu drwy y fro,
er pan farw'r hen felinydd
wedi rhoi ei holaf dro.

Rhed y ffrwd garedig eto
gyda thalcen noeth y tŷ,
ond ddaw neb i'r fâl â'i farlys,
a'r hen olwyn fawr ni thry;
lle dôi gwenith gwyn Llanrhiain
derfyn haf yn llwythi cras,
ni cheir mwy ond tres o wymon
gydag ambell frwynen las.

Segur faen sy'n gwylio'r fangre
yn y curlaw mawr a'r gwynt,
dilythyren garreg goffa
o'r amseroedd difyr gynt;
ond does yma neb yn malu,
namyn amser swrth a'r hin
wrthi'n chwalu ac yn malu,
malu'r felin yn Nhrefin.

Crwys

Clychau Cantre'r Gwaelod

O dan y môr a'i donnau
mae llawer dinas dlos
fu'n gwrando ar y clychau
yn canu gyda'r nos;
trwy ofer esgeulustod
y gwyliwr ar y tŵr
aeth clychau Cantre'r Gwaelod
o'r golwg dan y dŵr.

Pan fyddo'r môr yn berwi,
a'r corwynt ar y don,
a'r wylan wen yn methu
cael disgyn ar ei bron;
pan dyr y don ar dywod
a tharan yn ei stŵr,
mae clychau Cantre'r Gwaelod
yn ddistaw dan y dŵr.

Ond pan fo'r môr heb awel
a'r don heb ewyn gwyn,
a'r dydd yn marw'n dawel
ar ysgwydd bell y bryn,
mae nodau pêr yn dyfod,
a gwn yn eitha siŵr
fod clychau Cantre'r Gwaelod
i'w clywed dan y dŵr.

O cenwch, glych fy mebyd,
ar waelod llaith y lli;
daw oriau bore bywyd
yn sŵn y gân i mi.
Hyd fedd mi gofia'r tywod
ar lawer nos ddi-stŵr,
a chlychau Cantre'r Gwaelod
yn canu dan y dŵr.

J J Williams

GLANYFFERI

Glas y bore 'Nglanyfferi'n
cyffwrdd tywod aber Tywi
a chyn i'r niwl o'r tonnau ddianc,
gwelais hi yn groten ifanc
      yn haul yr haf yng Nglanyfferi.

Yma 'doi hi'n ôl yr hanes
am yr hwyl a'r cwmni cynnes,
pnawn i ffwrdd o'r caeau melyn
i gicio'i sodlau wrth yr ewyn
      yn haul yr haf yng Nglanyfferi.

Dal y trên ym Mhantyffynnon
tynnu coes a chodi calon,
bois glo caled mewn hwyl canu,
bois o'r wlad ddim ond yn gwenu,
      ar y ffordd i Lanyfferi.

Pawb i lawr ar lannau Tywi,
mewn i'r caban, dishgled handi
nes daw sŵn cadwynau'n winsho,
lleisiau bois y cwch yn cario
      wrth nesáu at Lanyfferi.

Awn ni dros yr afon sidan
dros y dŵr i draeth Llansteffan?
Lan i'r castell ar y tyle?
Trochi'n traed cyn troi am adre,
      croesi'n ôl i Lanyfferi?

Lawer haf yn ôl oedd hynny:
wel'di ben y winsh yn rhydu?
Adar môr sy'n galw enwau:
ambell un yn brifo weithiau
      yng nglas y bore 'Nglanyfferi.

Does dim lleisiau heddiw'n nesu,
sŵn cael amser da – gan synnu
sut oedd amser wedi hedfan
yntau'r hwyr yn dod mor fuan
      'slawer haf yng Nglanyfferi.

Myrddin ap Dafydd

CÂN BRYCHAN

Pwy fynd i'r ysgol yn yr haf
a ni ar ddechrau'r tywydd braf?

Pwy wrando athro o fore hyd nos
a deryn du ym Mharc Dan Clôs?

Pwy eiste' lawr, â'r drws ar gau
a Dad yn disgwyl help i hau?

Pwy adael Ffan o naw hyd dri
heb neb i chwarae gyda hi?

Dic Jones

CWNINGOD

Dwy gwningen fechan
yn eistedd ger y llwyn –
un yn gwrando'n hapus
ar gân yr adar mwyn,
a'r llall â'i phawen felfed
yn rhwbio blaen ei thrwyn.

Dwy gwningen fechan
yn ffoi drwy'r borfa las,
eu calon yn eu gyddfau,
a Mic, y milgi cas,
yn rhedeg ar eu holau
ar chwiban Deio'r gwas.

Un gwningen fechan
dan goeden yn y llwyn,
yn crio am ei chyfaill
yng ngolau'r lleuad fwyn,
gan godi'i phawen felfed
a rhwbio blaen ei thrwyn.

I D Hooson

Dim Ond Geiriau Ydi Iaith

Dim ond brwyn ydi'r mynydd;
dim ond carreg ydi'r graig.

Ni welaf benglog yng nghlogwyn y Nant
nac esgyrn enwau yn y mawn
na chylchoedd teg y tylwyth ar y ffridd
nac ôl pedolau meirch Catraeth yn y cawn.
Ni welaf olau lleuad uwch y cwm
ac ni ddaw'r eryr gwyn yma i nythu.

Ni chlywaf sain ei dyfnder yn y ffynnon
na sŵn y gwynt cam ar wegil y ddraenen.
Nid oes straeon yn codi o lynnoedd
nac anobaith o'r gors
ac ni chlywaf dylluan yng Nghowlyd.

Ni chofiaf nodau'r bib yn yr hesg;
ni chofiaf alaw'r galar am ehedydd;
ni chofiaf yr wylo yn enw'r afon.
Ni chofiaf fod cewri wedi camu yma,
wedi codi waliau a chau cynefin.

Nid yw'r gweunydd yn magu plu.
Nid yw'r garreg yn ateb.
Dim ond brwyn ydi'r mynydd,
dim ond geiriau ydi iaith.

Myrddin ap Dafydd

33

NANT Y MYNYDD

Nant y mynydd, groyw, loyw,
yn ymdroelli tua'r pant;
rhwng y brwyn yn sisial ganu,
O! na bawn i fel y nant!

Grug y mynydd yn eu blodau,
edrych arnynt hiraeth ddug
am gael aros ar y bryniau
yn yr awel efo'r grug.

Adar mân y mynydd uchel,
godant yn yr awel iach;
o'r naill drum i'r llall yn hedeg –
O! na bawn fel deryn bach!

Mab y mynydd ydwyf innau,
oddi cartref yn gwneud cân,
ond mae 'nghalon yn y mynydd
efo'r grug a'r adar mân.

Ceiriog

34

Wrth Ddychwel Tuag Adref

Wrth ddychwel tuag adref,
mi glywais gwcw lon,
oedd newydd groesi'r moroedd
i'r ynys fechan hon.

A chwcw gynta'r tymor
a ganai yn y coed,
'run fath â'r gwcw gyntaf
a ganodd gynta 'rioed.

Mi drois yn ôl i chwilio
y glasgoed yn y llwyn,
i edrych rhwng y brigau,
ple'r oedd y deryn mwyn.

Mi gerddais nes dychwelyd
o dan fy medw bren:
ac yno'r oedd y gwcw,
yn canu wrth fy mhen!

O! diolch iti, gwcw,
ein bod ni yma'n cwrdd –
mi sychais i fy llygad,
a'r gwcw aeth i ffwrdd.

Ceiriog

Rhai Geiriau

Pan fydd amser yn hedfan,
        oes ganddo adenydd?
Ai uchelgais
        yw sgorio cais ar ben mynydd?

Ydi llawfeddyg
        yn ddoctor sy'n gwella bys a bawd?
Pa hanner o hanner chwaer
        nad yw'n perthyn i'w brawd?

Ydi archdderwydd
        yn fardd o gyfnod Noa?
Ydi lladd nadroedd
        yn golygu rhoi bwled mewn boa?

Ai camddarllen
        ydi peidio â dal llyfr yn syth?
Ar doriad y wawr,
        ydi hi wedi malu am byth?

Ai bod yn benchwiban
        yw wislo o hyd?
Ai prifardd
        yw'r ardd bwysicaf i gyd?

Wrth ffonio rhywun,
        fyddwch chi'n ei daro â ffon?
A beth am groesffordd,
        ai blin ydi'r heol hon?

Ai ymateb
        yw meddwl am y cwestiwn a dweud 'ym'?
Ai ymatal
        yw stopio dweud 'ym'?

Ydi gair da
        yn eistedd heb wneud siw na miw?
Na, mae gair da
        yn llawn o luniau lliw!

Myrddin ap Dafydd

BLE'R EI DI?

'Ble'r ei di, ble'r ei di, yr hen dderyn bach?'
'I nythu fry ar y goeden.'
'Pa mor uchel yw y pren?'
'Wel dacw fe uwchben.'
'O mi syrthi, yr hen dderyn bach.'

'Ble'r ei di, ble'r ei di, yr hen dderyn bach?'
'I rywle i dorri fy nghalon.'
'Pam yr ei di ffwrdd yn syth?'
'Plant drwg fu'n tynnu'r nyth.'
'O drueni, yr hen dderyn bach.'

Traddodiadol

CWESTIWN ARALL

O! gwcw, O! gwcw, b'le buost cy'd
cyn dod i Benparce? Ti aethost yn fud.
'Meddyliais fod yma bythefnos yn gynt,
mi godais fy aden i fyny i'r gwynt;
ni wnes gamgymeriad, nid oeddwn mor ffôl,
corwynt o'r gogledd a'm cadwodd i nôl.'

Traddodiadol

Cwm Alltcafan

Fuoch chi yn Nghwm Alltcafan
lle mae'r haf yn oedi'n hir?
Lle mae'r sane gwcw glasaf?
Naddo? Naddo wir?

Welsoch chi mo afon Teifi'n
llifo'n araf drwy y cwm?
Welsoch chi mo flodau'r eithin
ar y llethrau'n garped trwm?

A fûm i yn y Swistir? Naddo.
Na, nac yn yr Eidal chwaith,
ond mi fûm yng Nghwm Alltcafan
ym Mehefin lawer gwaith.

Gweled llynnoedd mwyn Killarney
yn Iwerddon? Naddo fi;
tra bu rhai yn crwydro'r gwledydd
aros gartref a wnes i.

Ewch i'r Swistir ac i'r Eidal,
neu Iwerddon ar eich tro,
ewch i'r Alban, y mae yno
olygfeydd godidog, sbo.

Ond i mi rhowch Gwm Alltcafan
pan fo'r haf yn glasu'r byd,
yno mae'r olygfa orau,
a chewch gadw'r lleill i gyd.

Welsoch chi mo Gwm Alltcafan,
lle mae'r coed a'r afon ddofn?
Ewch da chi i Gwm Alltcafan,
peidiwch oedi'n hwy . . . rhag ofn!

T Llew Jones

CWM BERLLAN

'Cwm Berllan, un filltir,' yw geiriau testun
yr hen gennad fudan ar fin y ffordd fawr;
ac yno mae'r feidir fach gul yn ymestyn
rhwng cloddiau mieri i lawr ac i lawr.
A allwn i fentro ei dilyn mewn *Austin*?
Mor droellog, mor arw, mor serth ydyw hi;
'Cwm Berllan, un filltir', sy' lan ar y postyn –
a beth sydd i lawr yng Nghwm Berllan, 'wn i?

Mae yno afalau na wybu'r un seidir
yn llys Cantre'r Gwaelod felysed eu sudd,
a phan ddelo'r adar yn ôl o'u deheudir
mae lliwiau Paradwys ar gangau y gwŷdd.
Mae'r mwyeilch yn canu. Ac yno fel neidir
mae'r afon yn llithro yn fas ac yn ddofn,
mae pob rhyw hyfrydwch i lawr yng Nghwm Berllan,
mae hendre fy nghalon ar waelod y feidir –
na, gwell imi beidio mynd yno, rhag ofn.

Waldo Williams

39

Caseg Wen yw Cwsg o Hyd

Caseg wen yw cwsg o hyd:
arni af bob nos drwy'r byd;

mynd ar siwrne'r sêr â'u swyn
law yn llaw â'r adar llwyn;
mynd i grwydro'r goedwig gudd,
mynd mor bell â thoriad dydd.

Weithiau trotiwn ar ein taith
cyn carlamu'r oriau maith
i fynd heibio'r llygod bach
a, gobeithio, yr hen wrach,
ac osgoi y bwli mawr
a'r athrawon cas – a'r cawr!

Pan fo teithio'r nos ar ben
yr wyf i a'r gaseg wen
yn mynd adref gan bwyll bach
nôl i gwrdd â'r bore'n iach.

Yn fy ngwely cynnes, clyd,
caseg wen yw cwsg o hyd.

Ceri Wyn Jones

FY MAB

Heno, a'r nos yn cosi
sidan brau dy aeliau di,
i ba dir a thros ba don
ei di drwy'r oriau duon?

Aros wyf dan olau'r sêr
yn eos ac yn wiwer.
Un wyf â phob anifail
a ddaeth at wely o ddail
i warchod, yn bioden,
yn walch, yn dylluan wen.
Un wyf â'r cadno hefyd,
heno, greddf sydd wrth dy grud.

Â dim ond fy ngofid i
yn cydio'n y plancedi,
a gyda phob llygoden,
gyda'r frân a'r wylan wen
byddaf yma'n eu canol
hyd y nos nes ddoi di'n ôl.

Meirion MacIntyre Huws

Ar Ben y Lôn

Ar Ben y Lôn mae'r Garreg Wen
yr un mor wen o hyd,
a phedair ffordd i fynd o'r fan
i bedwar ban y byd.

Y rhostir hen a fwria hud
ei liwiau drud o draw,
a mwg y mawn i'r wybr a gwyd
o fwthyn llwyd gerllaw.

Ar Ben y Lôn ar hwyr o haf
mi gofiaf gwmni gynt,
pob llanc yn llawn o ddifyr ddawn
ac ysgawn fel y gwynt.

Ar nawn o Fedi ambell dro
amaethwyr bro a bryn
oedd yno'n barnu'r gwartheg blith
a'r haidd a'r gwenith gwyn.

Ac yma, wedi aur fwynhad
tro lledrad ger y llyn,
bu llawer dau am ennyd fach
yn canu'n iach cyn hyn.

O gylch hen Garreg Wen y Lôn
bu llawer sôn a si;
ond pob cyfrinach sydd dan sêl
ddiogel ganddi hi.

Y llanciau a'r llancesau glân
oedd gynt yn gân i gyd
a aeth hyd bedair ffordd o'r fan
i bedwar ban y byd.

Pa le mae'r gwŷr fu'n dadlau 'nghyd
rinweddau'r ŷd a'r ŵyn?
Mae ffordd yn arwain dros y rhiw
i erw Duw ar dwyn.

Fe brofais fyd, ei wên a'i wg,
o olwg mwg y mawn,
gwelais y ddrycin yn rhyddhau
ei llengau pygddu llawn:

Ar Ben y Lôn mae'r Garreg Wen
yr un mor wen o hyd,
a dof yn ôl i'r dawel fan
o bedwar ban y byd.

Sarnicol

Y Gorwel

Wele rith fel ymyl rhod – o'n cwmpas,
    campwaith Dewin hynod;
    hen linell bell nad yw'n bod,
    hen derfyn nad yw'n darfod.

Dewi Emrys

Pe Bawn I yn Artist

Pe bawn i yn artist mi dynnwn lun
rhyfeddod y machlud dros benrhyn Llŷn:

Uwchmynydd a'i graig yn borffor fin nos
a bae Aberdaron yn aur a rhos.

Dan Drwyn-y-Penrhyn, a'r wylan a'i chri
yn troelli uwchben, mi eisteddwn i

nosweithiau hirion nes llithio pob lliw
o Greigiau Gwylan a'r tonnau a'r rhiw.

Ac yna rhown lwybyr o berlau drud
dros derfysg y Swnt i Ynys yr Hud:

mewn llafn o fachlud ym mhellter y llun
ddirgelwch llwydlas yr Ynys ei hun.

'Ond wêl neb mo Enlli o fin y lli.'
'Pe bawn i yn artist,' ddywedais i.

T Rowland Hughes

Ynys Sgogwm

Heibio Ynys Sgogwm,
llong yn hwylio'n hwyrdrwm.

Heibio Ynys Sgomar,
llong yn mynd fel stemar.

Dal i'r de-orllewin,
adre bob yn dipyn.

Tacio'n ôl i'r gogledd,
adre'n syth o'r diwedd.

Cwrs am Ynys Enlli,
hwylio'n syth amdani.

Heibio 'Nysoedd Gwylan,
llanw'n mynd ar garlam.

Hwylio drwy Swnt Enlli,
llanw'n mynd fel cenlli.

Gwynt yn deg am G'narfon,
wedi morio digon.

J Glyn Davies

FY YNYS I

Mae dewin yn fy mhen o hyd
sy'n mynd â mi i harddach byd,
i ynys â'i nen yn las a chlir,
a dim yn brin o fewn ei thir.

Mae yno ogof lawn o fêl
heb wenyn i bigo'r sawl a ddêl;
a fferins melyn a marblis fyrdd
yn tyfu ar goed hyd ochrau'r ffyrdd.

Mae yno sipsiwn ger y rhyd
yn dawnsio a chanu'n wyn eu byd,
a merlyn melyn a charafán
i'm cario'n esmwyth i bob man.

Daw Indiaid Cochion drwy y coed
i chwarae mig ar ysgafn droed,
cawn esgus ymladd heb frifo dim,
a hela ceirw'r dychymyg chwim.

Mae'r môr yn gynnes a di-stŵr,
heb neb yn boddi yn y dŵr;
mae'r ewyn yno'n troi yn llaeth,
a siwgr candi ydyw'r traeth.

Af yno'n hapus o hwyr hyd wawr
mewn cwch o aur dan hwyliau mawr:
chewch chi ddim dod yno hefo mi:
plant biau'r ynys dros y lli.

R Bryn Williams

PARABLWYR ENWAU

Pan â'r heniaith i ben y penrhynnau,
i ble'r â'r rhain, y parablwyr enwau,
ac ar eu min y llinyn llannau – mân,
a Chymru gyfa'n gân yn eu genau?

Heb eu cledd, be' fydd Aberdaugleddau?
Heblaw enw, be' fydd yn y Blaenau?
Os ânt, i ble'r â'r Seintiau? – Tysilio,
a Gwynno, a Theilo o'r Bertholau?

Tyddyn Gwyn, Pantycelyn, y Ciliau,
Clenna, a Pharc y Bala heb olau;
a Thre-saith, a'r Rhos hithau – wedi Gwent;
heblaw i'r fynwent, i ble'r af innau?

Os aeth yr hedd fu yn yr Hen Feddau,
a'r blaidd o Gas Blaidd a Moel y Bleiddiau,
os aeth o Fryn y Saethau – fin y saeth,
o'ma yr aeth yr hen Gymry hwythau.

Twm Morys

HEN GENEDL

Hen genedl, cof hir;
hen gof, y gwir.

Hen bridd, gwraidd saff;
hen wraidd, pren praff.

Hen iaith, anadl fer;
hen anadl, her.

Gerallt Lloyd Owen

Salm 23

Yr Arglwydd yw fy Mugail; ni bydd eisiau arnaf.
Efe a wna i mi orwedd mewn porfeydd gwelltog;
efe a'm tywys gerllaw y dyfroedd tawel.
Efe a ddychwel fy enaid: efe a'm harwain ar hyd
llwybrau cyfiawnder er mwyn ei enw.
Ie, pe rhodiwn ar hyd glyn cysgod angau, nid ofnaf
niwed: canys yr wyt ti gyda mi; dy wialen a'th ffon
a'm cysurant.
Ti a arlwyi ford ger fy mron yng ngŵydd fy
ngwrthwynebwyr: iraist fy mhen ag olew; fy ffiol
sydd lawn.
Daioni a thrugaredd yn ddiau a'm canlynant holl
ddyddiau fy mywyd: a phreswyliaf yn nhŷ yr
Arglwydd yn dragywydd.

Beibl William Morgan

Taith Iaith o Dŷ Nain i Dŷ Mam-gu

Ar ôl rhoi'r tŷ i gysgu,
ac wedi deffro'r car,
cychwynnwn ar ein siwrna
hyd y pelltera tar.

Fe groeswn dros y Fenai,
a madal 'nawn â Môn,
drwy G'narfon, lle mae'r cofis
fel lindys hyd y lôn.

I lawr i Gob Porthmadog,
i fyny llawer allt,
a heibio Coed y Brenin
a'r awal yn eu gwallt.

Bydd nhed yn gwasgu arni,
a'r cier yn rhedeg res
rhwng Tal-y-llyn a Chorris,
a lawr i'r Dderwen Les.

Yna yn sydyn wedyn
awn drwy Lanbadarn Fawr,
a'r ffyrdd yn troi yn hewlydd
po bella' aem i lawr.

Ie, obry awn i Lanarth,
a lan y rhiwe'n glou,
fel hwthwm drw' Bencader
a Pheniel, 'mhell cyn dou.

O Nant y Caws i Glytach,
a throi sha'r hewl i'r tŷ:
otyn ni 'ma? Wel otyn!
Shgwlwch! 'Na hi, Mam-gu!

John Gwilym Jones

HEN LYFR DARLLEN

Roedd ynddo luniau: llun hwyaden dew
yn nofio'n braf i rywle, a llun llew;
llun arth a theigar ffyrnig ac eliffant,
a llun rhyw glocsen fawr a'i llond o blant.

A chyda gwialen fedw o flaen y rhain
safai hen wraig annifyr fel fy nain.
Roedd hon yn amlwg newydd ddweud y drefn,
a phawb o'r plant yn chwerthin yn ei chefn.

Llun nyth, llun oen. Ond gwell na'r cwbl i gyd
oedd llun rhyw wraig yn nôr rhyw fwthyn clyd.
Roedd honno, fel fy mam, yn ddynes glws,
a bwydo'r ieir yr oedd ar ben y drws.

Ac mi ddymunais ddianc lawer gwaith
yno lle nad oedd gwers na chosb ychwaith.
Wrth ddysgu cyfrif ac wrth aros cweir
hiraethwn fyth am fod lle'r oedd yr ieir.

A thyngu wnes yr awn, pan fyddwn ddyn,
i chwilio am y lle oedd yn y llun.
Yn rhywle braf yr oedd; ar ael y bryn
neu wrth ei droed, efallai ar fin llyn.

O hynny hyd yn awr mi dreuliais derm
mewn llawer tyddyn mwyn a llawer fferm,
ym Mhenllyn Meirion, ac ym Maldwyn, do,
ym Mhen-y-Llyn yn Arfon ar fy nhro.

Ni welais byth mo'r bwth, rwy'n eithaf siŵr,
ar fin y mynydd nac ar lan y dŵr.
Rhyw adfail rhaid ei fod, y bwthyn cu,
heb fawr ohono bellach ond lle bu.

Ond ambell dro pan gân y gwynt ei grwth,
ei fiwsig ef ailgyfyd furiau'r bwth;
fe gasgl yr ieir o'r cae a'r ieir o'r côr,
ac eilwaith saif y ddynes yn y ddôr.

R Williams Parry

SOSBAN FACH

Mae bys Meri Ann wedi brifo
a Dafydd y gwas ddim yn iach,
mae'r baban yn y crud yn crio,
a'r gath wedi sgrapo Joni bach.
Sosban fach yn berwi ar y tân,
sosban fawr yn berwi ar y llawr,
a'r gath wedi sgrapo Joni bach.

Mae bys Meri Ann wedi gwella,
a Dafydd y gwas yn ei fedd,
mae'r baban yn y crud yn chwerthin,
a'r gath wedi huno yn ei hedd.
Sosban fach yn berwi ar y tân,
sosban fawr yn berwi ar y llawr,
a'r gath wedi sgrapo Joni bach.

Traddodiadol

MIGLDI MAGLDI

Ffeind a difyr ydyw gweled,
migldi magldi, hei, now, now,
drws yr efail yn agored,
migldi magldi, hei, now, now,
a'r go' bach a'i wyneb purddu,
migldi magldi, hei, now, now,
yn yr efail yn prysur chwythu,
migldi magldi, hei, now, now.

Ffeind a difyr hirnos gaea',
migldi magldi, hei, now, now,
mynd i'r efail am y cynta';
migldi magldi, hei, now, now,
pan fo rhew ac eira allan,
migldi magldi, hei, now, now,
gorau pwynt fydd wrth y pentan,
migldi magldi, hei, now, now.

Ffeind a braf yw sŵn y fegin,
migldi magldi, hei, now, now,
gwrando chwedl, cân ac englyn,
migldi magldi, hei, now, now,
pan fo'r cwmni yn ei afiaith,
migldi magldi, hei, now, now,
ceir hanesion llawer noswaith,
migldi magldi, hei, now, now.

Pan ddaw'r môr i ben y mynydd,
migldi magldi, hei, now, now,
a'i ddwy ymyl at ei gilydd,
migldi magldi, hei, now, now,
a'r coed rhosys yn dwyn 'fala,
migldi magldi, hei, now, now,
dyna'r pryd y cei di finna',
migldi magldi, hei, now, now.

Traddodiadol

CAROL Y CREFFTWR

Mewn beudy llwm eisteddai Mair,
ac Iesu ar ei wely gwair;
am hynny, famau'r byd, yn llon
cenwch i fab a sugnodd fron.

Grochenydd, eilia gerdd ddi-fai
am un roes fywyd ym mhob clai;
caned dy dröell glod i Dduw
am un a droes bob marw yn fyw.

Caned y saer glodforus gainc
wrth drin ei fyrddau ar ei fainc;
molianned cŷn ac ebill Dduw
am un a droes bob marw yn fyw.

A chwithau'r gofaint, eiliwch gân,
caned yr eingion ddur a'r tân;
caned morthwylion glod i Dduw
am un a droes bob marw yn fyw.

Tithau, y gwehydd, wrth dy wŷdd,
cân fel y tefli'r wennol rydd;
caned carthenni glod i Dduw
am un a droes bob marw yn fyw.

Llunied y turniwr gerdd yn glau
wrth drin y masarn â'i aing gau;
begwn a throedlath, molwch Dduw
am un a droes bob marw yn fyw.

Minnau a ganaf gyda chwi
i'r Iddew gynt a'm carodd i;
caned y crefftwyr oll i Dduw
am Iesu a droes bob marw yn fyw.

Iorwerth Peate

Dyn Eira

Nid myfi fu'n ei frifo, ond eiliad
o haul fu'n disgleirio,
a rywfodd fe waedodd o
i'r pen, bob drop ohono.

Heddiw daeth salwch iddo, yn araf
daeth tymheredd arno,
ac o dan ei lygad o
yr haul sy'n dechrau wylo.

Daeth hindda i'r eira hwyrol i'w loywi
a'i ddileu yn hollol,
ond trwy'r nos yn arhosol
roedd yn yr ardd wyn ar ôl.

Tudur Dylan Jones

57

Y BORDER BACH

Gydag ymyl troedffordd gul
a rannai'r ardd yn ddwy,
roedd gan fy mam ei border bach
o flodau perta'r plwy.

Gwreiddyn bach gan hwn-a-hon
yn awr ac yn y man,
fel yna'n ddigon syml y daeth
yr Eden fach i'w rhan.

A rhywfodd, byddai lwc bob tro,
ni wn i ddim paham,
ond taerai 'nhad na fethodd dim
a blannodd llaw fy mam.

Blodau syml pobl dlawd
oeddynt, bron bob un,
a'r llysiau tirf a berchid am
eu lles yn fwy na'u llun.

Dacw nhw: y lili fach,
a mint a theim a mwsg;
y safri fach a'r lafant pêr,
a llwyn o focs ynghwsg,

dwy neu dair briallen ffel,
a daffodil bid siŵr,
a'r cyfan yn y border bach
yng ngofal rhyw hen ŵr.

Dyna nhw'r gwerinaidd lu,
heb un yn gwadu'i ach,
a gwelais wenyn gerddi'r plas
ym mlodau'r border bach.

O bellter byd rwy'n dod o hyd
i'w gweld dan haul a gwlith,
a briw i'm bron fu cael pwy ddydd
heb gennad yn eu plith,

hen estron gwyllt o ddant y llew,
â dirmyg lond ei wên.
Sut gwyddai'r hen droseddwr hy
fod Mam yn mynd yn hen?

Crwys

Bugeilio'r Gwenith Gwyn

Mi sy'n fachgen ifanc ffôl
yn byw yn ôl fy ffansi,
myfi'n bugeilio'r gwenith gwyn,
ac arall yn ei fedi.

Pam na ddeui ar fy ôl
ryw ddydd ar ôl ei gilydd?
Gwaith rwy'n dy weld, y feinir fach,
yn lanach, lanach beunydd.

Tra bo dŵr y môr yn hallt,
a thra bo 'ngwallt yn tyfu;
a thra bo calon yn fy mron,
mi fydda' i'n ffyddlon iti.

Dywed imi'r gwir heb gêl,
a rho dan sêl d'atebion:
p'run ai myfi, ai arall, Gwen,
sydd orau gen dy galon?

Wil Hopcyn

Hiraeth

Dwedwch, fawrion o wybodaeth,
o ba beth y gwnaethpwyd hiraeth?
A pha ddefnydd a roed ynddo
na ddarfyddai wrth ei wisgo?

Derfydd aur, a derfydd arian,
derfydd melfed, derfydd sidan,
derfydd pob dilledyn helaeth,
ond er hyn, ni dderfydd hiraeth.

Fe gwn yr haul, fe gwn y lleuad,
fe gwn y môr yn donnau irad,
fe gwn y gwynt yn uchel ddigon,
ni chwn yr hiraeth byth o'r galon.

Hiraeth mawr a hiraeth creulon,
sydd bob dydd yn torri 'nghalon,
pan fwyf dryma'r nos yn cysgu,
fe ddaw hiraeth ac fe'm deffry.

Hiraeth, hiraeth, cilia, cilia,
paid â gwasgu mor drwm arna',
nesa dipyn at yr erchwyn,
gâd i mi gael cysgu gronyn.

Traddodiadol

Cwyn y Gwynt

Cwsg ni ddaw i'm hamrant heno,
dagrau ddaw ynghynt.
Wrth fy ffenestr yn gwynfannus
yr ochneidia'r gwynt.

Codi'i lais yn awr, ac wylo,
beichio wylo mae;
ar y gwydr yr hyrddia'i ddagrau
yn ei wylltaf wae.

Pam y deui, wynt, i wylo
at fy ffenestr i?
Dywed im, a gollaist tithau
un a'th garai di?

John Morris-Jones

YSTRAD FFLUR

Mae dail y coed yn Ystrad Fflur
yn murmur yn yr awel,
a deuddeng Abad yn y gro
yn huno yno'n dawel.

Ac yno dan yr ywen brudd
mae Dafydd bêr ei gywydd,
a llawer pennaeth llym ei gledd
yn ango'r bedd tragywydd.

Er bod yr haf, pan ddêl ei oed,
yn deffro'r coed i ddeilio,
ni ddeffry'r dyn, a gwaith ei law
sy'n distaw ymddadfeilio.

Ond er mai angof angau prudd
ar adfail ffydd a welaf,
pan rodiwyf ddaear Ystrad Fflur
o'm dolur ymdawelaf.

T Gwynn Jones

63

Darllen y Map yn Iawn

Cerwch i brynu map go fawr;
dorwch o ar led ar lawr.

Gwnewch dwll pin drwy bob un 'Llan',
nes bod 'na dyllau ym mhob man.

Cofiwch y mannau lle bu pwll
a chwarel a ffwrnais, a gwnewch dwll.

Y mannau lle'r aeth bendith sant
yn ffynnon loyw yn y pant,

lle bu Gwydion a Lleu a Brân,
lle bu tri yn cynnau tân,

y llyn a'r gloch o dano'n fud:
twll yn y mannau hynny i gyd,

a'r mannau y gwyddoch chi amdanynt
na chlywais i'r un si amdanynt.

Wedyn, o fewn lled stryd neu gae,
tarwch y pin drwy'r man lle mae

hen ffermydd a thai teras bach
eich tylwyth hyd y nawfed ach.

A phan fydd tyllau pin di-ri,
daliwch y map am yr haul â chi,

a hwnnw'n haul mawr canol pnawn:
felly mae darllen y map yn iawn.

Twm Morys

Atgo

Dim ond lleuad borffor
ar fin y mynydd llwm;
a sŵn hen afon Prysor
yn canu yn y Cwm.

Hedd Wyn

Yr Afon

Mae'r daith i lawr y Nant yn hir
a'r nos yn dawel, dawel,
a melys, pan ddaw pelydr clir
y wawr ar frig yr awel,
fydd stelcian ennyd wrth Bont y Tŵr
yn llyn bach diog wrth Bont y Tŵr.

Tra byddo'r glasgoed ar y lan
yn peintio 'mron â'u glendid
caf lwyr anghofio'r creigiau ban
sy'n gwgu ar fy ngwendid,
a siglo, siglo rhwng effro a chwsg
yn llyn bach diog rhwng effro a chwsg.

A thoc caf wrando tramp y traed
ar dâl y bont yn curo,
pob troed ar gyrch i frwydr ddi-waed
rhwng llechi'r gwaith a'i ddur o,
i ennill bara dan wg y graig
a bwrw y diwrnod dan wg y graig.

Ac ambell fore fe fydd lliw
y gwyrddail llaith yn duo,
a deudroed sionc ynghwsg o'r criw
a'r awel yn eu suo;
a gwg y graig fydd yn fwy bryd hyn,
a'i harswyd arnaf yn fwy bryd hyn.

Ond os bydd dau gynefin droed
yfory'n fud o'r dyrfa
a'r creigiau ban a dail y coed
yn gwgu ar fy ngyrfa,
caf stelc er hynny wrth Bont y Tŵr,
yn llyn bach diog wrth Bont y Tŵr.

Caradog Prichard

Yr Enfys

Mae'n awyr las ers meitin,
a dacw Bont y Glaw;
wel, brysiwn dros y caeau,
a thani law yn llaw.

Cawn eistedd yn ei chysgod,
a holi pwy a'i gwnaeth,
un pen ar grib y mynydd,
a'r llall ar fin y traeth.

Mae saith o liwiau arni,
a'r rheini'n dlws i gyd;
a gwnaed ei bwa, meddir,
o flodau gwyw y byd.

Ond dacw'r Bont yn symud,
pwy ŵyr i ble yr aeth?
Nid yw ar grib y mynydd,
na chwaith ar fin y traeth.

Eifion Wyn

EIFIONYDD

O olwg hagrwch Cynnydd
ar wyneb trist y Gwaith
mae bro rhwng môr a mynydd
heb arni staen na chraith,
ond lle bu'r arad ar y ffridd
yn rhwygo'r gwanwyn pêr o'r pridd.

Draw o ymryson ynfyd
chwerw'r newyddfyd blin,
mae yno flas y cynfyd
yn aros fel hen win:
hen, hen yw murmur llawer man
sydd rhwng dwy afon yn Rhos Lan.

A llonydd gorffenedig
yw llonydd y Lôn Goed,
o fwa'i tho plethedig
i'w glaslawr dan fy nhroed.
I lan na thref nid arwain ddim,
ond hynny nid yw ofid im.

O! mwyn yw cyrraedd canol
y tawel gwmwd hwn,
o'm dyffryn diwydiannol
a dull y byd a wn;
a rhodio'i heddwch wrthyf f'hun
neu gydag enaid hoff, cytûn.

R Williams Parry

Y Lloer

Un cannaid hwyr eisteddai gŵr,
â'i sbienddrych hir, mewn uchel dŵr,
gan syllu fry i entrych nen,
a gwelodd di, O! Leuad wen.

'Sgrifennodd yn ei lyfr – 'Y Lloer
nid yw ond anial marw, oer,
di-ddŵr, di-awyr, llwm a noeth –
ysgerbwd byd,' medd Llyfr y Doeth.

Ac unwaith cerddai prydydd ffôl,
yn glaf o serch, ar draws y ddôl;
edrychodd yntau tua'r nen,
a gwelodd di, O! Leuad wen.

Darllenais heddiw gyda gwên
yng nghywydd mwyn y prydydd hen –
'Canhwyllau'r Brenin biau'r Byd
yw'r gannaid Loer a'r Sêr i gyd.'

I D Hooson

69

DIC ABERDARON

Yn oriel yr anfarwolion mae ambell glic,
megis yr un lle ceir y Bardd Cocos a Dic –

Gwŷr o athrylith; ond gyda bodau o'r fath
nid yw mesur eu llathen hwy yr un hyd â llath.

Y doethur Dic yw'r pennaeth a'r paragon:
ef yw pen-ffwlcyn yr holl frawdoliaeth hon.

Ni chawsai chwarter o ysgol dan unrhyw sgŵl,
ond meistrolodd ddirgelion y grefft o fod yn ffŵl –

Ffŵl gydag ieithoedd; ac ymollyngodd i'r gwaith
o leibio i'w gyfansoddiad iaith ar ôl iaith.

Yn dalp o ddysg, fe herciai o le i le,
a'i hongliad o lyfrgell ynghlwm wrth ei gorpws e.

Gyda'i gathod fe dreiglai yn wysg ei drwyn ar dramp,
ond roedd golau un o'r Awenau i'w lwybrau'n lamp.

Yn Lerpwl, un tro, rhoes ei wisg a'i wynepryd sioc
i bublicanod a phechaduriaid y doc.

Ni wyddent hwy, mwy na phenaduriaid y dref,
am ddibendrawdod ei ddawn a'i gollineb ef.

Parchwn ei goffadwriaeth, oll ac un.
Mawrygwn yr ieithmon a'r cathmon hwn o Lŷn.

Os ffolodd ar fodio geiriadur a mwytho cath,
chwarae teg i Dic – nid yw pawb yn gwirioni'r un fath.

T H Parry-Williams

'YOU'RE NOT FROM THESE PARTS?'

Na, dydw i ddim, 'dwi'n dod o dalaith
ymhell i'r gogledd, a fu'n deyrnas unwaith,
dwi'm yn medru'r acen na'r dafodiaith,
ond pan ddo' i'n ôl i'r fro 'ma eilwaith
yn deithiwr diarth, yn dderyn drycin
a sgubwyd gan y storm, neu fel pererin
yn dilyn llwybrau o Bonterwyd i Bontrhydfendigaid,
fe gerddaf yn hyderus, a golwg hynafiaid
yn cyfeirio fy nhaith, yn llewyrch i'm llygaid;
achos mae pob taith eilwaith yn gwlwm
â'r ddoe sy'n ddechreuad, â fory ers talwm,
ac yn y distawrwydd rhwng dau hen gymeriad
ar gornel y bar, mae 'na filoedd yn siarad
am ffeiriau a chyrddau a chweryl a chariad,
am fyd fel yr oedd hi, am y gweddill sy'n dwad:
na, dydw i ddim o'r ardal, ond fe fedra' i glywed
clec sodlau y beirdd wrth iddyn nhw gerdded
o noddwr i noddwr, o gwmwd i gantref
cyn dianc rhag Eiddig ar hyd ffordd arall adref:
bûm foda, bûm farcud, yn brin ond yn beryg,
bûm dlws, bûm Daliesin, bûm yn crwydro Rhos Helyg,
bûm garw, bûm gorrach, bûm yma yn niwyg
pregethwr, tafarnwr, breuddwydiwr a bardd,
na, dydw i ddim yn lleol, ond y dyfodol a dardd
yn ddwfn yn hen ddaear Pumlumon, ac wrth fynd,
meddai'r henwr o'r gornel, 'Siwrne dda i ti, ffrind.'

Iwan Llwyd

72

Tylluanod

Pan fyddai'r nos yn olau,
a llwch y ffordd yn wyn,
a'r bont yn wag sy'n croesi'r dŵr
difwstwr ym Mhen Llyn,
y tylluanod yn eu tro
glywid o Lwyncoed Cwm-y-glo.

Pan siglai'r hwyaid gwylltion
wrth angor dan y lloer,
a Llyn y Ffridd ar Ffridd y Llyn
trostynt yn chwipio'n oer,
lleisio'n ddidostur wnaent i ru
y gwynt o Goed y Mynydd Du.

Pan lithrai gloywddwr Glaslyn
i'r gwyll, fel cledd i'r wain,
pan gochai pell ffenestri'r plas
rhwng briglas lwyni'r brain,
pan gaeai syrthni safnau'r cŵn,
nosâi Ynysfor yn eu sŵn.

A phan dywylla'r cread
wedi'i wallgofddydd maith,
a dyfod gosteg ddiystŵr
pob gweithiwr a phob gwaith,
ni bydd eu Lladin, ar fy llw,
na llon na lleddf – 'Tw-whit, tw-hw'!

R Williams Parry

GWEDDI ELI JENKINS

Wrth ddihuno gyda'r wawr
yn ôl f'arfer, Arglwydd mawr,
gofynnaf iti roi dy hedd
i greaduriaid crud a bedd.

A chyda'r machlud yn ddi-ffael
gofynnaf am dy fendith hael,
cans Ti yn unig, Arglwydd mawr,
a ŵyr yn siŵr pwy wêl y wawr.

Nid oes neb drwy'r Wenallt oll
yn ôl dy farn yn llwyr ar goll,
cans gwn yn siŵr mai Tad wyt Ti
a wêl bob tro ein gorau ni.

Rho undydd eto, Arglwydd da,
a'th fendith hwyrol caniatâ!
Ac wrth yr haul sy'n mynd am sbel
cawn ddweud nos da, heb ddweud ffarwél.

Dylan Thomas
Trosiad gan T James Jones

PAN FO SEREN

Pan fo seren yn rhagori,
fe fydd pawb â'i olwg arni;
pan ddêl unwaith gwmwl drosti,
ni fydd mwy o sôn amdani.

Traddodiadol

MUR CLWT LLOER

Mae'r nos yn oer
ym Mur Clwt Lloer,
a'r lloi i gyd dan glo,
a sŵn y dŵr
fel anadl gŵr
a'i freuddwyd o ar ffo:

a phan ddaw'r sêr
dros orwel gwêr
fel llygaid gloywon bach,
fe ŵyr y nos
y daw lleuad dlos
ac arian lond ei sach:

drwy'r oriau mân
mae atsain cân
ym mrigau gwelw'r coed
a chysgod dyn
ar ei liwt ei hun
yn dilyn ôl ei droed

yn ôl i'r fan
a adawodd pan
roedd barrug ar ei boer,
a'i gysgod o
fel llygaid llo
'n rhewi ym Mur Clwt Lloer.

Iwan Llwyd

NADOLIG

Cenwch donc, cynheuwch dân,
dygwch i blentyn degan,
gelwch wlad i gylch y wledd
yn llon 'r un fath â'r llynedd.
Y newydd hen eto a ddaeth
i ddyn yn ddiwahaniaeth.

Y plant sy' biau Santa,
ganddo dwg y newydd da
yn llywanen llawenydd
dros y wlad cyn toriad dydd.
Clywch ei droed a'r clychau draw
ar awelon yr alaw.

Rhowch sbrigyn o'r celyn coch
ar y drws yn ir drosoch,
a'r goeden ffer a geidw'n ffydd
drwy y gaea'n dragywydd,
i addoli'r geni gwyn
ym mhreseb llwm yr asyn.

'R un yw geiriau'r hen garol
ag oedd flynyddoedd yn ôl,
ond cedwch ddôr agored
i'w siriol lais hi ar led,
o achos y mab bychan,
cenwch donc, cynheuwch dân.

Dic Jones

78

Cofio

Un funud fach cyn elo'r haul o'r wybren,
un funud fwyn cyn delo'r hwyr i'w hynt,
i gofio am y pethau anghofiedig
ar goll yn awr yn llwch yr amser gynt.

Fel ewyn ton a dyr ar draethell unig,
fel cân y gwynt lle nid oes glust a glyw,
mi wn eu bod yn galw'n ofer arnom –
hen bethau anghofiedig dynol ryw.

Camp a chelfyddyd y cenhedloedd cynnar,
anheddau bychain a neuaddau mawr,
y chwedlau cain a chwalwyd ers canrifoedd
y duwiau na ŵyr neb amdanynt 'nawr.

A geiriau bach hen ieithoedd diflanedig,
hoyw yn ngenau dynion oeddynt hwy,
a thlws i'r glust ym mharabl plant bychain,
ond tafod neb ni eilw arnynt mwy.

O genedlaethau dirifedi daear,
a'u breuddwyd dwyfol a'u dwyfoldeb brau,
a erys ond tawelwch i'r calonnau
fu gynt yn llawenychu a thristáu?

Mynych ym mrig yr hwyr, a mi yn unig,
daw hiraeth am eich 'nabod chwi bob un;
a oes a'ch deil o hyd mewn cof a chalon,
hen bethau anghofiedig teulu dyn?

Waldo Williams

AROS A MYNED

Aros mae'r mynyddoedd mawr,
rhuo trostynt mae y gwynt;
clywir eto gyda'r wawr,
gân bugeiliaid megis cynt;
eto tyf y llygad dydd,
o gylch traed y graig a'r bryn,
ond, bugeiliaid newydd sydd
ar yr hen fynyddoedd hyn.

Ar arferion Cymru gynt,
newid ddaeth o rod i rod;
mae cenhedlaeth wedi mynd,
a chenhedlaeth wedi dod;
wedi oes dymhestlog hir,
Alun Mabon mwy nid yw,
ond mae'r heniaith yn y tir,
a'r alawon hen yn fyw.

Ceiriog

LLAWER UN

Llawer un wrth fyw yn gynnil
o ddwy ddafad aeth i ddwyfil.
Llawer un wrth fyw yn afrad
aeth o ddwyfil i ddwy ddafad.

Traddodiadol

Y Ci Defaid

Rhwydd gamwr hawdd ei gymell – i'r mynydd,
a'r mannau anghysbell:
hel a didol diadell
yw camp hwn yn y cwm pell.

Thomas Richards

Ci Defaid

Ti yw'r ffrind cywir, tirion, ti yw clust
iet y clos yn gyson,
ti wastad yw'r llygad llon,
ti yw Gelert y galon.

Idris Reynolds

Dau Gi Bach

Dau gi bach yn mynd i'r coed,
esgid newydd am bob troed,
dau gi bach yn dwad adre
wedi colli un o'u sgidie –
dau gi bach.

Dau gi bach yn mynd i'r coed,
dan droi'u fferau, dan droi'u troed,
dau gi bach yn dwad adre,
blawd ac eisin hyd eu coese –
dau gi bach.

Dau gi bach yn mynd i'r coed,
esgid newydd am bob troed,
dau gi bach yn dwad adre
wedi colli un o'u sgidie –
dau gi bach.

Traddodiadol

Y Sipsi

Hei ho, hei-di-ho,
fi yw sipsi fach y fro,
 carafán mewn cwr o fynydd,
 newid aelwyd bob yn eilddydd,
rhwng y llenni ger y lli,
haf neu aeaf, waeth gen i,
 hei ho, hei-di-ho.

Beth os try y gwynt i'r de,
digon hawdd fydd newid lle,
 mi ro i'r gaseg yn yr harnes,
 symud wnaf i gornel gynnes,
lle bydd nefoedd fach i dri,
Romani a Ruth a mi,
 hei ho, hei-di-ho.

Nid oes ofyn rhent na thâl
am y fan lle tannwy' 'ngwâl;
 golchi 'mrat yn nŵr yr afon
 a'i sychu ar y llwyni gwyrddion,
a phan elo'r dydd i ben,
mi gaf olau sêr y nen,
 hei ho, hei-di-ho.

Prin yw'r arian yn y god,
ond mae amser gwell i ddod,
 mi rof gariad i hen ferched
 ac mi werthaf lond y fasged,
yna'n ôl at Romani
i garafán a garaf i,
 hei ho, hei-di-ho.

Crwys

Y Sipsiwn

Gwelais ei fen liw dydd
ar ffordd yr ucheldir iach,
a'i ferlod yn pori'r ffridd
yng ngofal ei epil bach;
ac yntau yn chwilio'r nant
fel garan, o dro i dro,
gan annos ei filgi brych rhwng y brwyn,
a'i chwiban yn deffro'r fro.

Gwelais ei fen liw nos
ar gytir gerllaw y dref;
ei dân ar y gwlithog lawr,
a'i aelwyd dan noethni'r nef:
ac yntau fel pennaeth mwyn
ymysg ei barablus blant, –
ei fysedd yn dawnsio hyd dannau'i grwth,
a'i chwerthin yn llonni'r pant.

Ond heno pwy ŵyr ei hynt?
Nid oes namyn deufaen du,
a dyrnaid o laswawr lwch,
ac arogl mwg lle bu:
nid oes ganddo ddewis fro,
a melys i hwn yw byw –
crwydro am oes lle y mynno ei hun,
a marw lle mynno Duw.

Eifion Wyn

Blwyddyn o Liwiau

Ionawr sydd yn fferru'r llyn,
a chlecian mae fy nannedd gwyn.

Bwgan ydy'r hen fis bach
a'i nos yn ddu fel clogyn gwrach.

Mawrth sy'n felyn drosto i gyd
a chennin ar ei frest o hyd.

Mae gan Ebrill frws paent gwyrdd
i beintio'r wlad o boptu'r ffyrdd.

Het fioled sydd gan Mai,
hi yw'r harddaf a dim llai.

Mehefin wedyn, pinc yw hon,
fel y candi fflos ar ffon.

Gorffennaf sydd yn rhedeg ras
a'i lygaid fel yr awyr las.

Dwylo Awst sy'n aur i gyd,
yn y cwm mae caeau ŷd.

O Gaerdydd i Abersoch,
mae Medi'n llawn o aeron coch.

Hydref sydd yn drwm ei droed
a'i sgidiau'n frown fel dail y coed.

Mae gan Dachwedd gôt fawr lwyd,
crwydro mae o Fôn i Glwyd.

Llwm yw Rhagfyr bron pob awr,
ond am ryw hyd mae'n enfys fawr.

Meirion MacIntyre Huws

Misoedd y Flwyddyn

Ionawr, mis yr eira gwyn,
rhew yn glo ar ddŵr y llyn.

Chwefror, ac mae'r eirlys tlws
yn dweud bod gwanwyn wrth y drws.

Mawrth a rydd yr heulwen swil
i'r oen bach a'r daffodil.

Ebrill, tywydd teg a ddaw,
gydag ambell gawod law.

Mai yw mis y mêl erioed,
cân yr adar yn y coed.

Mehefin ddaeth, ac yn yr ardd
mae llysiau a rhosynnau hardd.

Mis Gorffennaf, wybren glir,
haul ar fryn a dyddiau hir.

Awst yw hi, mis cynta'r hydre',
a daw'r ŷd yn ddiogel adre.

Medi ddaw â'i ffrwythau aeddfed,
yn y berllan cewch eu gweled.

Hydref! O, mae'n dechrau oeri,
ond mae'r cnau i gyd yn wisgi.

Tachwedd ddwg y gwynt a'r glaw,
chwyth y crinddail yma a thraw.

Rhagfyr oer a ddaw i'n rhynnu,
at y tân mae pawb yn tynnu.

T Llew Jones

Tachwedd

Mae lluoedd y Gorllewin coch
yn paratoi'u byddinoedd croch,
a'r Dwyrain du y gynnau mawr –
bydd tanio unrhyw funud nawr.

Mae'r deri cryf â'u cotiau i lawr
yn barod i'r ymladdfa fawr,
a phenderfyna gallt Blaen-cwm
sefyll ei thir pan gano'r drwm.

Hen fetrans llawer sgarmes gynt,
cynefin gad y glaw a'r gwynt;
siglant fel meddwon yn eu hwyl,
a'r brain uwchben yn porthi'r ŵyl.

Ysigir braich a chollir gwaed,
ond deil pob milwr ar ei draed;
gwyn fyd a drigo yn y cwm
i wylio'r drin pan alwo'r drwm.

Isfoel

Y Pabi Coch

Roedd gwlith y bore ar dy foch
yn ddafnau arian, flodyn coch,
a haul Mehefin drwy'r prynhawn
yn bwrw'i aur i'th gwpan llawn.

Tithau ymhlith dy frodyr fyrdd
yn dawnsio'n hoyw ar gwrlid gwyrdd
cynefin fro dy dylwyth glân,
a'th sidan wisg yn fflam o dân.

Ond rhywun â didostur law
a'th gipiodd o'th gynefin draw
i estron fro, a chyn y wawr
syrthiaist, a'th waed yn lliwio'r llawr.

I D Hooson

DYSGUB Y DAIL

Gwynt yr hydref ruai neithiwr,
crynai'r dref i'w sail,
ac mae'r henwr wrthi'n fore'n
sgubo'r dail.

Yn ei blyg uwchben ei sgubell
cerdd yn grwm a blin,
megis deilen grin yn ymlid
deilen grin.

Pentwr arall; yna gorffwys
ennyd ar yn ail;
hydref eto, a bydd yntau
gyda'r dail.

Crwys

Llythyr

Ni chlywswn neb yn cerdded,
na churo'r drws na chri,
ond gwyddwn fod rhyw neges drist
o dan y ddôr i mi.

Es yno ar fy union
a chael y ddeilen wyw,
heb amlen wen amdani chwaith
nac enw'r undyn byw.

Mi wyddwn ers wythnosau
a mwy, ei fod yn glaf,
ac wele nawr y llythyr bach
yn sôn am farw'r haf.

Ni fynnai'r postmon aros,
ond mynd yn gynt a chynt,
llwyth eryr o lythyrau oedd
dan gesail oer y gwynt.

Crwys

MORYS Y GWYNT

Morys y Gwynt â'i ddwyfoch goch,
yn neidio a dawnsio a gweiddi'n groch;
ac Ifan y Glaw yn eistedd yn brudd,
a'r dagrau yn llifo i lawr ei rudd.

Dagrau Ifan yn disgyn i lawr
ar flodau bychain a phrennau mawr;
a'r haf â'i lestr aur yn ei law
yn casglu dagrau Ifan y Glaw.

Morys y Gwynt ar ei geffyl gwyn
yn gyrru ar garlam i lawr y glyn,
ei utgorn arian a'i delyn fwyn,
a'i chwerthin mawr yng nghoed y llwyn.

'Morys y Gwynt, i ble'r wyt ti'n mynd?'
'I sychu dagrau Ifan fy ffrind,
i'w dwyn ar fy march ymhell dros y bryn,
i'w wely plu yn y cwmwl gwyn.

'I'w neuadd wych yn ei uchel blas,
a'i muriau o berl a saffir glas;
lle daw'r haul i wau â'i euraid law
ei fwa dros wely Ifan y Glaw.'

I D Hooson

ROBIN GOCH

Robin goch ar ben y rhiniog
a'i ddwy aden yn anwydog,
a dywedai mor ysmala,
'Mae hi'n oer fe ddaw yr eira.'

Traddodiadol

GWYLAN FACH

Gwylan fach adnebydd,
pan fo'n gyfnewid tywydd,
hi hed yn deg ar aden wen
o'r môr i ben y mynydd.

Traddodiadol

RHYFEDDODAU

Wrth loetran ennyd ar fy ffordd i'r tŷ,
fe welais, neithiwr, ryfeddodau lu,
fe welais wrach yn hedeg ar ei hynt
â'i gwallt aflêr yn hofran yn y gwynt.

Fe welais gawr yn camu dros ben bryn
a thwr o blant yn edrych arno'n syn,
ac yna, cerbyd mawr yn croesi dôl,
a llewod gwyllt yn rhedeg ar ei ôl!

'Roedd bachgen bach yn sefyll ar un goes
yn ymyl castell wedi'i wneud o does;
a llong yn mynd yn erbyn craig o dân
a'i hwyliau gwyn yn fil o ddarnau mân.

A bore heddiw, codais gyda'r wawr
i weled mwy o'r rhyfeddodau mawr,
ond er im chwilio'n hir a holi'n syn
ni welais heddiw ond cymylau gwyn.

W Rhys Nicholas

AR LAN Y MÔR

Ar lan y môr mae rhosys cochion;
ar lan y môr mae lilis gwynion;
ar lan y môr mae 'nghariad inne
yn cysgu'r nos a chodi'r bore.

Ar lan y môr mae carreg wastad
lle bum yn siarad gair â'm cariad;
o amgylch hon fe dyf y lili
ac ambell gangen o rosmari.

Ar lan y môr mae cerrig gleision,
ar lan y môr mae blodau'r meibion,
ar lan y môr mae pob rhinwedde,
ar lan y môr mae 'nghariad inne.

Traddodiadol

TRI PHETH SY'N ANODD IMI

Tri pheth sy'n anodd imi,
cyfri'r sêr pan fo hi'n rhewi,
rhoi fy llaw ar gwr y lleuad,
a gwybod meddwl f'annwyl gariad.

Traddodiadol

Un Seren Wen

Un seren wen uwchben y byd
yn gloywi'r llwybrau at y crud,
un Gabriel ar noson fwyn
yn oedi dros lechweddau'r ŵyn;
un Joseff yno gyda Mair,
un baban annwyl yn y gwair.

Un brenin doeth ag aur yn rhodd
yn teithio at y crud o'i fodd,
un arall ddaw ar nos o gân
â thus yn anrheg i'r un glân;
un rhoddwr hael o'r dwyrain draw
â myrr i Iesu yn ei law.

O un i un dros erwau'r nos
y daw'r bugeiliaid tua'r rhos,
i'r llety llwm ym Methlehem
yng ngolau'r seren, glaer fel gem,
i weld un plentyn yn ei grud
un baban bach yn Geidwad byd.

Arwel John

MASARNEN
Yr ochr draw i'r afon o Lan-y-borth, Llanrwst

Roedd gwreiddiau cyntaf pob gwanwyn i ti
ar sigl y gangen,
sigl masarnen
yn cadw'r amser rhwng y llwybr a'r lli.

Bob Ebrill hwyr a dechrau Mai
gwyliaist y goeden
yn mesur yr heulwen
yn cyflymu'r glesni yn dy glai.

Â'r curiad hwnnw yn cerdded y byd,
clymaist dy siglen
wrth y fasarnen,
yn ôl, ymlaen uwch cerrig y rhyd.

A thrwy wanwyn olaf dy ffenest di,
siglai'r fasarnen
a neb ar ei styllen,
yn ôl at y gwreiddiau, ymlaen hefo'r lli.

Myrddin ap Dafydd

Tri Pheth Sy'n Anodd 'Nabod

Tri pheth sy'n anodd 'nabod –
dyn, derwen a diwarnod;
y dydd yn hir, y pren yn gau,
a'r dyn yn ddauwynebog.

Traddodiadol

Nyth

Ni fu saer na'i fesuriad – yn rhoi graen
ar ei grefft a'i drwsiad,
dim ond adar mewn cariad
yn gwneud tŷ heb ganiatâd.

Roger Jones

GWENOLIAID

Eisteddant yn rhes
ar wifren y telegraff;
mae rhywbeth yn galw –
crynant, edrychant yn graff.

Dechreuant drydar, –
mae rhywbeth yn galw draw,
hir yw'r chwedleua,
a phob un â'i gyngor wrth law.

Yna cyfodant
bob un ar ei adain ddu,
trônt yn yr awyr
uwchben ac o gwmpas y tŷ.

Ânt yn llai ac yn llai,
toddant yng nglesni'r ne;
yfory, gorffwysant
yn dawel yn heulwen y de!

T Gwynn Jones

JAC Y DO

Mi welais Jac y Do
yn eistedd ar ben to.
Mi fu'n eistedd yno am oesoedd maith
heb godi adain na symud chwaith.
Roedd yr adar eraill trwy'r dydd yn hedfan,
ond doedd y deryn hwn ddim yn gallu, druan.
Roedd o yno'n eistedd bob awr o'r dydd
a'r adar eraill yn hedfan yn rhydd.

Ond digwyddodd rhywbeth rhyfedd iawn
uwchben y to, rhyw un prynhawn . . .
Mi welais Jac y Do,
oedd yn eistedd ar ben to,
yn llawen i gyd ac yn uchel ei gân
yn hedfan ymhlith yr adar mân.
Roedd wedi edrych ar bob un arall,
roedd wedi dysgu, ac wedi deall.

Y diwrnod wedyn, wrth edrych fyny,
mi welais i rywbeth i'm rhyfeddu . . .
Doedd dim un Jac y Do
yn eistedd ar ben to!

Tudur Dylan Jones

Ysgol Haf

Haul yn gogoneddu,
a finnau yn fanma;
traeth yn tywynnu,
a finnau yn fanma;
môr yn pelydru,
a finnau yn fanma.

A finnau yn fanma
ynghanol tywyllwch rhifau
yn ceisio gwneud symiau;
a finnau yn fanma
mewn cors o eiriau
yn ceisio cyfansoddi brawddegau;
a finnau yn fanma
yn boitj o liwiau
yn ceisio peintio lluniau.

Y tu hwnt i'r ffenestri yma, draw yn fancw,
y tu hwnt i'r waliau yma, draw yn fancw,
y tu hwnt i'r dysgu yma, draw yn fancw,
y tu draw, yn fancw mae'r byd yn wyn,
a fancw mae'n lle finnau, nid yn fan hyn.

Gwyn Thomas

CILMERI

Fin nos, fan hyn
lladdwyd Llywelyn.
Fyth nid anghofiaf hyn.

Y nant a welaf fan hyn
a welodd Llywelyn.
Camodd ar y cerrig hyn.

Fin nos, fan hyn
o'r golwg nesâi'r gelyn.
Fe wnaed y cyfan fan hyn.

'Rwyf fi'n awr fan hyn
lle bu'i wallt ar welltyn,
a dafnau o'i waed fan hyn.

Fan hyn yw ein cof ni,
fan hyn sy'n anadl inni,
fan hyn gynnau fu'n geni.

Gerallt Lloyd Owen

Rwy'n Gwybod

Rwy'n gwybod
nad oes neb yn trwsio'r wawr
ar ôl iddi dorri.
Rwy'n gwybod nad yw'r tywydd yn troi
i'r chwith nac i'r dde.
Rwy'n gwybod hefyd
os yw fy nhrwyn yn rhedeg
na fydd o'n mynd yn bell.

Rwy'n gwybod
nad oes rhaid i mi afael mewn troed
i dynnu coes,
na mynd yn agos at neb
i dynnu blew o'i drwyn;
ac rwy'n gwybod
yn bendant,
os collaf i fy mhen,
fydd dim angen i mi chwilio'n bell
amdano.

Rwy'n gwybod,
os oes gen i dân yn fy mol,
na fydda i'n chwythu mwg,
ac na fydda i'n llawn
ar ôl llyncu mul.
Rwy'n gwybod hefyd
nad oes raid i mi roi fy llaw mewn coelcerth
i losgi fy mysedd.

Rwy'n gwybod na fydda i'n malu dim
wrth fynd dros ben llestri.
Rwy'n gwybod hyn i gyd,
ond eto,
nid wyf yn siŵr
os yw bod yn hanner call
yn well, neu'n waeth
na bod yn hanner gwirion . . .

Meirion MacIntyre Huws

Twyllo Mam

Dwi'n mynd i esgus cysgu 'mlaen
er bod fy mam yn gweiddi;
dwi'n mynd i esgus bod dan straen
a bod fy mhen yn hollti.

Dwi'n mynd i ddweud fod pwysau'r gwaed
yn uwch ac uwch bob munud,
a bod 'na boen o 'mhen i'm traed
fel nad wy'n gallu symud.

Dwi'n mynd i 'nôl y lliain gwyn
a'i roi mewn dŵr berwedig,
a'i osod ar fy mhen fan hyn
nes 'mod i'n goch drybeilig.

Dwi'n mynd i ddweud yn ddistaw bach,
"Ga' i aros yn fy ngwely?
Dwi ddim yn teimlo'n hollol iach,
ga' i aros mewn tan 'fory?"

Ond beth fu'r iws? Mi wn na chawn
ei thwyllo â'm holl stranciau;
fe daerai Mam fy mod yn iawn
hyd yn oed ar wely angau.

Tudur Dylan Jones

ANRHEG REDSA

Mae'n fore. A glywi di glychau'r llan
yn seinio awr yr *angelus* o'r tŵr?
Mae'r pentref yn deffro, ac yn y man
daw'r forwyn o'r ffynnon yn cario'r dŵr.

Cysga di, Redsa, mae gweithwyr y stad
yn clirio prysgwydd a'u rhoi ar y tân.
A heb i ti wybod, fe ddaw dy dad
yn slei i edmygu ei faban glân.

Ryw ddydd fe ddeëlli'r llinellau hyn,
fy anrheg fedydd yw hanes dy wlad:
rhyfel, Magellan, y plas ar y bryn,
aberth Aquino, creulondeb a brad.

Cofia'r breuddwydion a chei fyw yn rhydd,
di blentyn y chwyldro, yng ngolau'r dydd.

Gwyneth Lewis

Testun Sgwrs

Pe byddai
       y dyn doethaf yn y byd
yn cyfarfod
       â'r dyn gwirionaf yn y byd
ac yn mynd â fo am baned
       efo'r dyn mwyaf anwybodus yn y byd;
am be fydden nhw'n siarad?

     A phwy fyddai'n dweud fwyaf?

Glyn Evans

106

Y Morgrugyn

Ble wyt ti'n myned, forgrugyn,
yn unig, yn unig dy fryd?
Gwelais dy ffrindiau wrth fwlch y waun
yn gwau trwy'i gilydd i gyd.
Cannoedd ohonyn-nhw!
Miloedd ohonyn-nhw!
Yn gwau trwy'i gilydd i gyd.

Wyt ti ar goll forgrugyn,
ymhell o dy gartref clyd?
Gaf i fynd lawr â thi i fwlch y waun
i ganol dy ffrindiau i gyd?
Cannoedd ohonyn-nhw!
Miloedd ohonyn-nhw!
Yn gwau trwy'i gilydd i gyd.

Waldo Williams

Ffrindiau Bach A Mawr

Pan fydd y dydd yn gwenu
a phawb yn chwarae'n iach,
peth digon hawdd bryd hynny
yw bod yn ffrindiau bach.

A phan ddaw Gwen i'r ysgol
mewn 'sgidiau newydd sbon,
peth hawdd ar ddiwrnod felly
yw bod yn ffrind i hon.

Neu os bydd Gwyn yn dathlu
ei barti yn y dre,
bydd bechgyn lond y dosbarth
am fod yn ffrind ag e.

Ond weithiau, pan fydd rhywrai
fel Gwen neu Gwyn neu fi
heb ddim byd oll i'w rannu,
cofia fod d'angen di.

Ac os bydd rhywun rywbryd
â'i ddagrau fel y glaw,
mae d'angen di yn gwmni
i gydio yn ei law.

Oherwydd mae gwir ffrindiau
yn ffrindiau drwy bob awr,
a dyna yn y diwedd
yw bod yn ffrindiau mawr.

Mererid Hopwood

GALW ENWAU

Am fod enwau mwyn yn toddi'r tawelwch,
am fod enwau da yn cynhesu'r dieithrwch,
am fod enwau swil yn y sêr yn sïo,
am fod enwau hy' ar y môr yn hwylio.

Am fod cimwch a mingrwn a lleden,
am fod masarn a deri ac onnen,
yn enwau llawn sy'n llanw'r byd,
yn siarad brigau neu donnau o hyd.

Am fod pannas, helogan a ffacbys,
am fod persli, cacamwnci a shifys,
yn enwau hud sy'n lleisio'r aer
fel cornicyll, barcutiaid a grugiar.

Ac enwau mwy yn cuddio'u gwaedd
mewn cefnfor bras neu'n rhan o braidd,
enwau'n cosi a throsi calon,
enwau'n sisial neu'n gweiddi awelon.

Dyma'n byd. Dyma ni. Ddoe, heddi ac yfory,
enwau ar ben enwau yn rhan o'n stori,
ar ogof unwaith ac ar sgrin a lloeren
daw'r enwau newydd, ar wib fel mellten.

A phob enw'n fyw ar dafod aur
neu'n dyfod inni drwy eiriau saer,
fflam o'r fflam sy'n cynnau tywyllwch
ein meddwl chwim, gan danio prydferthwch.

Yn laswellt, grug-y-mêl, yn dwyni sidan,
yn ddistyll ton, trai a llanw arian,
am fod mil o resymau dros enwau da
ar ddalen a cherdd, boed aea' neu ha'.

Bydd enwau sy'n hen a'r newydd eu geni
yn bathu'r miliwnydd, o'u rhoddi a'u rhannu.

Menna Elfyn

Heddiw

Rywdro rhwng gwawr a machlud,
rhwng deffro'r dydd a'r hwyr,
bydd 'na rywun rhywle'n arwr;
ond pwy? Does neb a ŵyr.

Yn rhywle bydd 'na rywun,
yn agos neu ymhell,
yn agor pwll y galon
i swyno'r byd yn well.

Bydd 'na rywun yn helpu un arall
nad yw'n gwybod lle i droi,
a'r un sydd wir yn derbyn
yw'r un sy'n dysgu rhoi.

Bydd 'na fam yn rhywle'n magu
un baban yn ei chôl,
bydd 'na rywun wedi gwenu
heb ddisgwyl gwên yn ôl.

Ac efallai bydd dieithryn
yn dod i estyn llaw,
neu rywun yn dod â'i gysgod
i'th gadw rhag y glaw.

Heddiw rhwng gwawr a machlud,
rhwng deffro'r dydd a'r hwyr,
bydd 'na rywun rhywle'n arwr
ond pwy? Does neb a ŵyr.

Ond efallai fod y 'rhywle'
yn ein gwlad fach ni,
ac efallai'n wir mai'r 'rhywun'
heddiw a fyddi di.

Tudur Dylan Jones

HEN WLAD FY NHADAU

Mae hen wlad fy nhadau yn annwyl i mi,
gwlad beirdd a chantorion, enwogion o fri.
Ei gwrol ryfelwyr, gwladgarwyr tra mad,
tros ryddid collasant eu gwaed.
Gwlad! Gwlad! Pleidiol wyf i'm gwlad!
Tra môr yn fur i'r bur hoff bau,
o bydded i'r heniaith barhau.

Evan James

CANU WNAF

Canu wnaf a bod yn llawen,
fel y gog ar frig y gangen;
a pheth bynnag ddaw i'm blino,
canu wnaf a gadael iddo.

Traddodiadol

NODIADAU

T. 10   LLAW
Hau: plannu, rhoi hedyn yn y ddaear
Ydych chi'n gwybod beth yw ystyr 'do re mi'? Gofynnwch i rywun sy'n gwybod ei ganu i chi.

T. 11   Y DARLUN
Erfyn: gofyn am rywbeth
Dlos: tlws
Fel eos o bêr: fel cân hyfryd aderyn
Wyddech chi fod yna lun enwog o ddwy law gyda'i gilydd yn gweddïo? Albrecht Dürer ydy enw'r dyn a wnaeth y llun, ac mae yna stori drist y tu ôl i'r darlun. Beth am i chi fynd ar y we i geisio dod o hyd i'r stori?

T. 12   SŴN
Liw nos: yn ystod y nos
Llofft y gwair: uwchben y beudy lle byddai'r gwair yn cael ei gadw
Pan ddring y lloer: pan mae'r lleuad yn codi yn yr awyr
Pan gilia pawb: pan mae pawb yn mynd
Clos: buarth, darn o dir agored o flaen y tŷ fferm
Pan fyddwch chi ar fynd i gysgu heno, gwrandewch yn ofalus. Faint o wahanol fathau o sŵn fyddwch chi'n eu clywed tybed?

T. 13   UN NOSWAITH DDRYCINOG
Ddrycinog: drycinog, stormus, tywydd gwael
Rodio: rhodio, cerdded, mynd am dro
Fyfyrio: myfyrio, meddwl
Wendon: gwendon, môr
Lluchio: taflu
Dirion: tirion, tawel
Ydy'r tywydd gwahanol sy'n y ddau bennill yn dweud rhywbeth am sut mae'r person yn y gerdd yn teimlo?

T. 14   LLONGAU MADOG
Dewr ei fron: dewr yn ei galon
Antur enbyd: taith beryglus
Dramor draeth: tramor draeth, traeth ymhell i ffwrdd dros y môr
Newydd fyd: America
Wyddech chi fod rhai'n dweud mai Cymro o'r enw Madog wnaeth ddarganfod America, a hynny cyn Christopher Columbus?

T. 16   DAWNS Y DON
Dere, der: tyrd
Sut mae'r parti yma'n wahanol i unrhyw barti ydych chi wedi bod ynddo erioed?

T. 17   LLE BACH TLWS
Mwclis bach coch: ceirios coch, fel peli bach crwn, yn tyfu ar goeden
Ydych chi'n meddwl fod Idris yn gallu gweld y lle bach tlws? Pam?

T. 18   Y DRAENOG
Pelen: pêl fach
O'i go: wedi gwylltio
Mae'r gerdd yn dweud fod y draenog yn bigog. Ydy person yn gallu bod yn bigog hefyd, ond pigog mewn ffordd wahanol?

T. 19   BETH YW'R BRYS?
Di-nod: dim byd arbennig
Ydych chi wedi sylwi ar ba mor llonydd mae anifeiliaid weithiau'n sefyll? Beth am aros mor llonydd ag y gallwch chi i weld beth welwch chi o'ch cwmpas?

T. 20   **Traeth y Pigyn**
Gen i: gyda mi, efo fi
Os ydych chi wedi bod ar lan y môr yn yr haf, ac wedi mwynhau'r diwrnod yn fawr, yna rydych chi hefyd wedi bod ar Draeth y Pigyn.

T. 22   **Trên Gwyliau**
Chware'r ber: bod yn ddrygionus, chwarae o gwmpas
Ydych chi wedi bod ar daith mewn trên? Ydy'r trên hwn yn wahanol?

T. 23   **Cenhinen Pedr**
Moyn: eisiau

T. 24   **Clychau'r Gog**
Atgofus bersawr: arogl hyfryd sy'n eich atgoffa chi o rywbeth
Lesmeiriol: llesmeiriol, hyfryd, rhywbeth sy'n gwneud i chi deimlo'n hapus iawn
Och! na pharhaent: trueni nad ydyn nhw'n aros am byth
Goriwaered: ar lethr serth
Ystlysau'r glog: o fewn darn o graig neu glogwyn
Llechwedd lom yr og: lle mae'r ffermwr wedi bod yn trin y tir
Mudion: ddim yn gwneud sŵn
Rhin y gwyddfid: arogl hyfryd blodau'r haf
Mynych glych: llawer o glychau
Megis cynt: fel o'r blaen
Ydych chi wedi gweld clychau'r gog ym mis Mai erioed? Blodau glas hyfryd ydyn nhw mewn caeau ac ar ochr y ffordd. Edrychwch arnyn nhw yn ofalus fis Mai nesaf. Ydych chi'n eu gweld fel siap cloch?

T. 25   **Dawns y Dail**
Ar gwr: ar ochr
Edrychwch ar y gair 'siffrwd'. Dyma air sy'n disgrifio sŵn dail yn y coed yn cael eu chwythu'n ysgafn. Meddyliwch chi am eiriau eraill sy'n golygu sŵn ysgafn tawel, e.e. sibrwd, murmur ...

T. 26   **Y Garreg Filltir**
Yr elych: yr ydych chi'n mynd
Llafn un-wyneb: dim ond ar un ochr i'r garreg y mae ysgrifen
Euthum: es
Gro: cerrig mân
Grudd: wyneb y garreg
Bylo'r: pylo'r, pylu, dod i ben, diflannu
Y Farn: y diwrnod y bydd rhywun yn marw
Ydych chi wedi gweld carreg filltir erioed? Erbyn heddiw, mae gennym ni arwyddion lliwgar i ddweud faint o filltiroedd sydd i fynd, ond yn yr hen amser, cerrig wedi cael eu naddu oedd yr arwyddion, ar ochr y ffordd. Mae rhai ohonyn nhw'n dal i'w gweld heddiw.

T. 27   **Melin Trefin**
Bwn: pwn, pwysau
Fâl: y felin
Ni thry: dydy hi ddim yn troi
Tres: rhes
Curlaw: glaw trwm
Namyn: dim ond
Swrth: blinedig
Hin: tywydd
Allwch chi feddwl am ddau beth sy'n cael eu malu yn y gerdd?

T. 28   **Clychau Cantre'r Gwaelod**
Dyr: yn torri
Pêr: hyfryd, swynol
Glych fy mebyd: clychau oedd yn arfer cael eu clywed pan oedd y bardd yn ifanc

113

'Os ewch chi ryw fin nos o haf ar hyd y ffordd sy'n arwain allan o bentref Aber-arth i gyfeiriad Llan-non, cofiwch aros ar ben y rhiw i edrych i lawr ar Fae Aberteifi. Mae'n werth ei weld, yn enwedig pan fo'r haul yn machlud yn goch yn y Gorllewin. Fe welwch ddarn mawr o fôr gwastad, a thir Cymru â'i ddwy fraich amdano. Ac yn pellter, fel cefn llwyd rhyw hen gawr mawr yn codi o'r môr, fe welwch Ynys Enlli ...'

Dyma sut mae T Llew Jones yn dechrau ei hanes am Gantre'r Gwaelod. Ewch ati i ddarllen yr hanes, a mynd yno eich hun rywbryd i weld y môr ym Mae Ceredigion, ac i wrando am y clychau.

T. 30   GLANYFFERI
Groten: croten, merch ifanc
Gofynnwch chi i hen berson lle'r oedden nhw'n mynd ar eu gwyliau. Oedden nhw'n mynd yn bell? Gyda phwy oedden nhw'n mynd? Beth oedden nhw'n ei wneud?

T. 31   CÂN BRYCHAN
Beth fyddech chi'n ei wneud pe na byddech chi'n gorfod mynd i'r ysgol yn ystod tymor yr haf o gwbwl?

T. 32   CWNINGOD
Felfed: melfed, darn o ddefnydd llyfn
Beth ydych chi'n meddwl sydd wedi digwydd i'r gwningen arall? A oes posib fod yna ddiweddglo hapus i'r gerdd?

T. 33   DIM OND GEIRIAU YDI IAITH
Mawn: tir gwlyb, tywyll, yn debyg i gors
Catraeth: lle yng ngogledd Lloegr oedd yn arfer perthyn i'r hen Gymry
Yn chwedl Culhwch ac Olwen, sef chwedl hynaf y Mabinogion, mae sôn am Dylluan Cwm Cowlyd. Roedd Culhwch wedi syrthio mewn cariad gydag Olwen, merch Ysbaddaden Bencawr. Er mwyn ei phriodi, roedd Culhwch yn gorfod llwyddo mewn tasgau anodd iawn. Un o'r rhain oedd dod o hyd i Mabon fab Modron. Mae Culhwch yn gofyn i nifer o anifeiliaid hynod am help, ac un o'r rhain oedd Tylluan Cwm Cowlyd. Beth am i chi chwilio am yr hanes i weld a ydy Culhwch yn llwyddo i briodi Olwen?

T. 34   NANT Y MYNYDD
O na bawn i fel y nant: Dyna braf fyddai cael bod fel y nant
Hiraeth ddug: sy'n dod â hiraeth
Drum: Trum, bryn
'O na bawn i fel y nant,' meddai Ceiriog. Pam ydych chi'n meddwl ei fod eisiau bod fel nant y mynydd?

T. 35   WRTH DDYCHWEL TUAG ADREF
Glasgoed: coed ifanc, gwyrdd
Medw bren: bedw bren, math o goeden
Mae yna lawer o ddywediadau gennym ni am adar, er enghraifft: 'Un wennol ni wna wanwyn' Dewch o hyd i fwy, a dysgwch beth yw eu hystyr.

T. 36   RHAI GEIRIAU
Drwy'r gerdd hon mae'r bardd yn camddeall rhai geiriau'n fwriadol. Allwch chi feddwl am fwy o eiriau y gallai rhywun eu camddeall?

T. 37   BLE'R EI DI?
Mi syrthi: byddi di'n syrthio

T. 37   CWESTIWN ARALL
Ti aethost yn fud: est ti'n fud
Fud: mud, heb fod yn gallu siarad

T. 38   CWM ALLTCAFAN
Olygfeydd godidog: Golygfeydd godidog, llefydd sy'n edrych yn hyfryd
Sbo: mae'n siŵr
Nid lle yn y dychymyg ydy Cwm Alltcafan. Beth am i chi fynd ati i chwilio i weld lle mae? Lle mae eich hoff le chi?

T. 39   CWM BERLLAN
Gennad fudan: cennad fudan, negesydd sy'n dweud rhywbeth, ond heb siarad!
Felysed eu sudd: mor felys ydy sudd yr afalau
Gwŷdd: coed

Mwyeilch: math o adar

Tynnwch lun o sut le ydych chi'n meddwl ydy Cwm Berllan.

T. 40 Caseg Wen yw Cwsg o Hyd
Gan bwyll bach: yn araf, yn hamddenol

Mae'r gerdd yn dweud fod caseg yn trotian ac yn carlamu. Ydych chi'n gallu meddwl am gymaint o eiriau â phosib sy'n sôn am berson neu anifail yn symud, er enghraifft, cerdded, llusgo, rowlio ...?

T. 41 Fy Mab
Sidan brau: defnydd ysgafn, hawdd ei dorri

Greddf: y pethau mae rhywun yn eu gwybod heb orfod eu dysgu

Greddf sy'n dweud wrth aderyn sut mae hedfan, ac wrth bysgodyn sut mae nofio, neu wrth berson sut mae anadlu. Ydych chi'n gallu meddwl am fwy o enghreifftiau?

T. 42 Ar Ben y Lôn
I bedwar ban: i bob man

Rhostir: darn o dir gwyllt

Mwg y mawn: mae posib llosgi mawn i wneud tân yn lle glo

Wybr: wybren, fyny i'r awyr

Ysgawn: ysgafn

Lledrad: cyfrinachol, dirgel

Canu'n iach: ffarwelio

Llanciau a llancesau: bechgyn a merched

Llengau: llawer

Pygddu: du

Os byddwch chi byth yn ardal Llandysul yn Ne Ceredigion, beth am i chi fynd i chwilio am y garreg wen. Ydych chi'n meddwl ei bod hi dal yno?

T. 43 Y Gorwel
Rith: rhith, rhywbeth yr ydych chi'n meddwl ei fod yno

Rhod: olwyn, cylch, y ddaear

'Hen derfyn nad yw'n darfod.'

Dywedwch y llinell olaf yn uchel.

Ydych chi'n clywed yr un cytseiniad ar y dechrau ac ar y diwedd? Enw ar y sŵn arbennig yma ydy 'cynghanedd'.

T. 44 Pe Bawn I
Llefydd yng Ngogledd Cymru yw Llŷn, Uwchmynydd, Aberdaron, Trwyn-y-Penrhyn, Creigiau Gwylan, y Swnt. Fedrwch chi eu gweld ar fap?

Rhos: lliw coch

Troelli: troi o gwmpas

T. 45 Ynys Sgogwm
Hwyrdrwm: araf, cysglyd

Stemar: math o gwch

Tacio: crefft o ddal y gwynt yn yr hwyliau

T. 46 Fy Ynys I
Fferins: losin, da-da

Fyrdd: myrdd, llawer

Rhyd: ffordd yn mynd trwy afon fach

Chwarae mig: gwneud triciau, cael hwyl

Chwim: cyflym

Pam ydych chi'n meddwl mae'r bardd yn dweud ar y diwedd mai 'plant biau'r ynys dros y lli'?

T. 48 Parablwyr Enwau
Penrhynnau: darnau o dir sy'n mynd allan i'r môr

Parablwyr: siaradwyr

Cledd: cleddyf

Ewch ati i chwilio am hen enwau ffermydd, tai, nentydd, a chaeau yn eich ardal chi. Gofynnwch i bobl sydd wedi bod yn byw yno ers blynyddoedd.

115

T. 49   HEN GENEDL

Praff: cadarn

Her: rhywbeth sy'n sialens i ni

Allwch chi feddwl am rywbeth hen sydd yn eich tŷ chi? Ydy'r ffaith fod rhywbeth yn hen yn gallu ei wneud yn fwy gwerthfawr? Pam fod Cymru'n werthawr i chi?

T. 50   SALM 23

Porfeydd gwelltog: porfa neu wair uchel

Tywys: arwain

Gerllaw: wrth ymyl

Canys: achos

Gwrthwynebwyr: gelynion

Arlwyo: paratoi

Ffiol: llestr sy'n dal diod

Ceisiwch fynd ati i ddysgu'r salm yma ar eich cof.

T. 51   TAITH IAITH

Cofis: yr enw ar bobl o Gaernarfon

Lindys: anifail bach hir sy'n troi yn bili pala

Obry: lawr

Hwthwm: chwythiad o wynt

Shgwlwch: edrychwch

Edrychwch ar fap o Gymru. Ewch ati i geisio gweld lle mae'r holl lefydd sy'n cael eu henwi.

Efallai fod 'nhed' a 'cier' a 'Derwen Les' yn eiriau diarth i chi. Allwch chi ddyfalu beth ydy'r geiriau diarth yma? Cliw! Mae un ardal yng Nghymru yn dweud y sŵn 'e' yn lle 'a' ar ganol geiriau! Ydych chi'n gallu meddwl am eiriau sy'n wahanol yn y De a'r Gogledd?

T. 52   HEN LYFR DARLLEN

Glocsen: clocsen, esgid

Nôr: dôr, drws

Glws: clws, tlws

Thyngu: tyngu, penderfynu, addo

Derm: term, cyfnod o amser

Bwth: bwthyn

Grwth: crwth, offeryn cerdd

Ailgyfyd: ail godi

Pa lyfr ydych chi'n cofio ei ddarllen gyntaf? Ydych chi'n cofio'r lluniau oedd ynddo?

T. 54   SOSBAN FACH

Sgrapo: crafu

Huno: cysgu, marw

Ydych chi wedi clywed y gân yma yn cael ei chanu? Mae'n hi'n cael ei chysylltu â thim rygbi arbennig yn ne Cymru. Allwch chi ddyfalu pa dîm?

T. 55   MIGLDI MAGLDI

Mae sŵn rhythm morthwyl y gof wrth iddo fwrw'r eingion yn y geiriau bach 'migldi magldi'.

Fegin, megin: offer i chwythu fflamau'r tân.

Ar ôl darllen y pennill olaf, ydych chi'n credu y bydd y bachgen a'r ferch yn dod yn gariadon?

T. 56   CAROL Y CREFFTWR

Dröell: tröell, y peiriant sy'n troi'r clai

Gainc: cainc, tôn, cân

Ebill: morthwyl

Eingion: darn mawr o fetal y mae'r gof yn ei ddefnyddio yn ei waith

Wennol: gwennol, y darn o bren sy'n cario'r gwlân nôl a mlaen ar beiriant y gwehydd

Yn glau: yn gyflym

Masarn: coeden

Begwn: pegwn, echel

Mae pob un o'r rhai sy'n cael eu henwi yn gwneud rhywbeth gyda'u dwylo. Gallwch chi ddweud mwy yn aml drwy waith eich llaw na'ch geiriau.

T. 57   Dyn Eira
Hindda: tywydd braf

Loywi: gloywi, gwneud yn ddisglair

Os oedd yr eira ar y llawr wedi mynd, beth oedd y peth gwyn oedd dal ar ôl yn yr ardd? Sut bod hwn yn gallu aros er bod yr eira wedi mynd?

T. 58   Y Border Bach
Plwy: ardal

Taerai: dadleuai, mynnai

Tirf: ffres

Ffel: hyfryd, hardd

Gwadu: gwrthod

Ach: teulu

Dirmyg: gwneud hwyl am ben rhywun

Pam ydych chi'n meddwl fod y bardd wedi dweud:

'A gwelais wenyn gerddi'r plas

Ym mlodau'r border bach'?

Beth mae hyn yn ei ddweud wrthym am y blodau yn y border bach?

T. 60   Bugeilio'r Gwenith Gwyn
Beunydd: bob dydd

Heb gêl: heb ei guddio

Dan sêl: yn gyfrinachol, mewn amlen

Roedd Wil Hopcyn wedi syrthio mewn cariad gydag Ann Thomas, merch plasty Cefn Ydfa. Yn anffodus, doedd ei theulu ddim am adael iddi briodi Wil Hopcyn. Fe briododd hi ddyn arall yn erbyn ei hewyllys, a bu farw wedi torri ei chalon. Mae'r gerdd hon yn cyfeirio at gariad Wil Hopcyn tuag at Ann Thomas

T. 61   Hiraeth
Gwnaethpwyd: gwnaed

Ddarfyddai, derfydd: dod i ben

Fe gwn yr haul: mae'r haul yn codi

Irad: trist

Cilia: dos yn ôl

Erchwyn: ochor gwely

Gronyn: tipyn, ychydig

T. 62   Cwyn y Gwynt
Hamrant: amrant, darn o groen sy'n gorchuddio'r llygad wrth ei gau

Gwynfannus: cwyno

Ocheneidia: gwneud sŵn trist

Yn ei wylltaf wae: yn ei dristwch mwyaf gwyllt

Ydych chi'n hoffi clywed sŵn y gwynt a'r glaw wrth i chi orwedd yn y gwely yn y nos?

Beth ydych chi'n meddwl mae'r gwynt yn ceisio ei ddweud wrthych chi?

T. 63   Ystrad Fflur
Abad: Pennaeth ar fynachlog, lle mae mynachod yn byw.

Gro: daear, pridd

Bêr ei gywydd: hyfryd ei gân

Llym: creulon

Ango: wedi eu hanghofio

Ymddadfeilio: dod i ben

Pan rodiwyf: pan wyf yn cerdded

Pan mae'r bardd yn mynd i Ystrad Fflur, mae holl boenau'r byd yn diflannu. Oes yna lefydd tebyg mewn rhai o'r cerddi eraill yn y llyfr hwn?

T. 64   DARLLEN Y MAP YN IAWN

Dorwch: rhowch

Si: sôn

Tylwyth: teulu

Nawfed ach: eich holl berthnasau

Chwiliwch am fap o'ch ardal chi. Copïwch y map, a gwnewch chi dwll ym mhobman ydych chi wedi bod. Gobeithio y bydd y map yn dyllau i gyd!

T. 65   ATGO

Ar fin: ar ochor

Roedd Hedd Wyn wedi ennill y Gadair yn yr Eisteddfod Genedlaethol ym 1917, ond roedd wedi cael ei ladd yn y rhyfel cyn yr Eisteddfod. Mae ei gadair dal yn ei hen gartref yn Nhrawsfynydd. Mae Hedd Wyn yn y pennill yn hiraethu am sŵn Afon Prysor sy'n llifo trwy Drawsfynydd.

T. 66   YR AFON

Pelydr: golau

Stelcian: aros

Ban: uchel

Dâl: tâl, rhan uchel

Wg: gwg, edrychiad cas

Y llyn bach diog ydy'r lle i Caradog Prichard fynd iddo er mwyn anghofio am broblemau'r byd.

T. 67   YR ENFYS

Grib: crib, rhan uchel

Gwyw: wedi gwywo, wedi marw

Faint o liwiau gwahanol allwch chi feddwl amdanyn nhw sydd mewn enfys? Ydych chi wedi gweld enfys yn symud erioed? Pam ei bod hi'n symud?

T. 68   EIFIONYDD

Arad: peiriant mae'r ffermwr yn ei ddefnyddio i droi'r tir

Ymryson ynfyd: brwydr ffôl

Cynfyd: y gorffennol pell

Glaslawr: porfa, gwair

Gwmwd: cwmwd, ardal

Enaid hoff cytûn: rhywun yr ydych yn ei hoffi'n fawr, ac yn cytuno'n llwyr ag ef neu hi

Pe byddech chi eisiau mynd ar daith gyda rhywun, pwy fyddai eich 'enaid hoff cytûn' chi?

T. 69   Y LLOER

Cannaid: gwyn, yn disgleirio

Entrych nen: fry yn yr awyr

Anial: heb ddim yn tyfu arno

Prydydd: bardd

Nghywydd: cywydd, math o gerdd

T. 70   DIC ABERDARON

Oriel: lle mae lluniau'n cael eu dangos

Anfarwolion: rhai y mae pobl yn dal i sôn amdanyn nhw, hyd yn oed ar ôl iddyn nhw farw

Athrylith: medrus a galluog iawn

Bodau: pobl

Paragon: rhywbeth perffaith

Pen-ffwlcyn: yr un mwyaf dwl

Leibio: lleibio, cymryd rhywbeth i mewn

Hongliad: pentwr

Gorpwys: corpws, corff

Wynepryd: wyneb

Ddibendrawdod: dibendrawdod, heb ddiwedd iddo

Ieithmon: un yn hoffi ieithoedd

Cathmon: un yn hoffi cathod

Ffolodd: gwirionodd, wedi dwlu

Mae'r gerdd hon yn sôn am un a oedd â diddordebau gwahanol iawn. Ydych chi'n adnabod rhywun sydd â diddordebau diddorol?

T. 72   *'You're Not From These Parts?'*

Dalaith: talaith, ardal

Dderyn drycin: deryn drycin, person sy'n mynd o un lle i'r llall

Pererin: un sy'n mynd ar deithiau arbennig

Hynafiaid: hen berthnasau

Llewyrch: golau

Yn niwyg: ar ffurf

Pam ydych chi'n meddwl fod yr henwr o'r gornel wedi defnyddio'r gair 'ffrind' ar y diwedd?

T. 73   Tylluanod

Difwstwr: tawel

Ddidostur: didostur, creulon

Gloywddwr: dŵr clir

Cledd i'r wain: cleddyf yn mynd mewn i'r peth sy'n ei ddal

Syrthni: blinder

Safnau: cegau

Wallgofddydd: gwallgofddydd, diwrnod hurt, dwl

Lladin: iaith y Rhufeiniaid

Na llon na lleddf: dim yn hapus nac yn drist

Os gwrandewch chi'n ofalus yn y nos, efallai y clywch chi sŵn tylluan. Ydych chi wedi clywed un erioed? Mae rhai yn gallu dynwared sŵn tylluan trwy chwythu trwy'u dwylo mewn ffordd arbennig.

T. 74   Gweddi Eli Jenkins

Ddihuno: dihuno, deffro

Yn ddi-ffael: yn gyson, o hyd

Mae Eli Jenkins yn gymeriad dychmygol yn y ddrama 'Under Milk Wood' gan Dylan Thomas. Yma mae'n rhoi gweddi tua diwedd y ddrama.

T. 76   Pan Fo Seren

Rhagori: edrych yn dda, disgleirio

Ddêl: dêl, daw

Ydy'r darn yn sôn am fwy nag un math o seren?

T. 77   Mur Clwt Lloer

Lloi: mwy nag un llo

Gwêr: y darn o gannwyll sydd yn toddi

Ar ei liwt ei hun: ar ei ben ei hun

Barrug: iâ ysgafn ar fore oer

Mae'r gerdd yn sôn am y sêr 'fel llygaid gloywon bach'. Allwch chi feddwl am bethau eraill y mae'r sêr yn debyg iddyn nhw?

T. 78   Nadolig

Donc: tonc, cân

Llywanen: carthen neu blanced fawr

Ir: gwyrdd

At beth fyddwch chi'n edrych ymlaen adeg y Nadolig?

T. 79   Cofio

Elo'r: aeth

Wybren: awyr

Delo'r: daw

Anheddau: cartrefi

Hoyw: llawen, hapus

Dirifedi: amhosib eu cyfri

Dwyfol: duwiol

Erys: aros

Llawenychu: bod yn llawen

Mynych: yn aml

Ym mrig yr hwyr: pan mae'n nosi

A'ch deil: sy'n eich dal

Ceisiwch roi'r pennill cyntaf a'r olaf ar eich cof. Beth ydych chi'n meddwl sy'n bwysig i Waldo Williams yn y gerdd hon?

T. 80   AROS A MYNED

Rhuo: gwneud sŵn mawr

Megis cynt: fel o'r blaen

Tyf: mae'n tyfu

O rod i rod: wrth i amser fynd yn ei flaen

Dymhestlog: tymhestlog, stormus

Mae Alun Mabon yn gymeriad yn nifer o gerddi Ceiriog. Dyma'r un sy'n clywed y gwcw 'wrth ddychwel tuag adref', ac eisiau bod 'rhwng y brwyn yn sisial ganu' fel y nant. Chwiliwch am y cerddi yma yn y llyfr hwn.

T. 81   LLAWER UN

Yn gynnil: heb wario llawer o arian

Yn afrad: gwario heb feddwl

Ydych chi'n un sy'n hoffi gwario? Neu ydych chi'n cynilo arian yn eich cadw-mi-gei?

T. 82   Y CI DEFAID

Gymell: cymell, annog

Anghysbell: pell o bobman

Didol: trefnu

Diadell: praidd o ddefaid

T. 82   CI DEFAID

Tirion: caredig, tawel

Iet: giat

Clos: buarth

Ydych chi wedi clywed hanes Gelert, ci dewr Llywelyn? Dyma'r ci gafodd ei ladd gan ei feistr mewn camgymeriad mawr. Ewch i Feddgelert pan gewch chi gyfle i chwilio am y bedd.

T. 83   DAU GI BACH

Dwad: dod

Sgidie: esgidiau

Fferau: ffêr, migwrn, y cymal rhwng y droed a'r goes

Coese: coesau

T. 84   Y SIPSI

Cwr: cornel

Bob yn eilddydd: bob dau ddiwrnod

Waeth gen i: 'sdim ots gen i

Lle tannwy' 'ngwâl: y man lle caf wneud fy ngwely

Mrat: brat, ffedog

T. 85   Y SIPSIWN

Fen: carafan

Ffridd: ochor bryn

Epil: plentyn

Garan: aderyn

Annos: gyrru, annog

Gytir: cytir, darn o dir

Gwlithog: yn llawn dafnau o ddŵr yn y bore

Barablus: parablus, siaradus

Grwth: crwth, offeryn cerdd

Laswawr: glaswawr, glas golau

Os ydych chi'n darllen y llyfr hwn mewn tŷ, rydych chi'n wahanol i'r sipsiwn. Mewn carafan y bydden nhw, mae'n siŵr, yn ei ddarllen, ac maen nhw'n treulio oes yn y garafan yn teithio o le i le. Hoffech chi wneud hynny?

T. 86   Blwyddyn o Liwiau
Fferru: rhewi nes nad yw'n gallu symud
Pa fis mae eich penblwydd chi? Fyddech chi'n cytuno gyda'r lliw sydd wedi cael ei roi i'r mis yn y gerdd hon?

T. 87   Misoedd y Flwyddyn
Rhew yn glo: y rhew wedi cloi'r dŵr fel nad yw'n gallu symud
Wisgi: yn aeddfed
Crinddail: y dail sydd wedi marw a syrthio
Rhynnu: oeri'n fawr

T. 88   Tachwedd
Deri: coed derwen
Gallt: lle coediog
Fetrans: cyn-filwyr
Sgarmes: brwydr
Cynefin gad: lle sydd wedi arfer gweld brwydrau
Ysigir, ysigo: cleisio, anafu
A drigo: unrhyw un sy'n byw
Drin: trin, rhyfel

T. 89   Y Pabi Coch
Dy frodyr fyrdd: dy holl frodyr
Hoyw: sionc, hapus
Didostur: angharedig
Estron fro: lle dieithr

T. 90   Dysgub y Dail
Ruai: rhuai, yn rhuo, yn gwneud sŵn mawr
Sgubell: brwsh
Ymlid: mynd ar ôl
Ennyd: cyfnod byr o amser
Edrychwch yn fanwl ar y pennill olaf. Beth ydych chi'n feddwl mae'r bardd yn ei feddwl yma? Beth sy'n digwydd i'r hen ŵr yn y diwedd?

T. 91   Llythyr
Ddôr: dôr, drws
Wyw: gwyw, wedi marw

T. 92   Morys y Gwynt
Brudd: prudd, trist
Rudd: grudd, boch
Glyn: cwm
Utgorn: trwmped
March: ceffyl
Euraid law: llaw aur

T. 93   Robin Goch
Rhiniog: carreg y drws

T. 93   Gwylan Fach
Adnebydd: sy'n adnabod
Gyfnewid, cyfnewid: newid

T. 94   Rhyfeddodau
Loetran: aros o gwmpas
Hedeg: hedfan
Dôl: cae
Beth am i chi ddarllen y gerdd hon i rywun, ac arhoswch cyn darllen y pennill olaf. Ydyn nhw'n gallu dyfalu beth mae'r bachgen yn y gerdd yn ei weld?

T. 95   AR LAN Y MÔR

Rhosmari: perlysieuyn

T. 95   TRI PHETH SY'N ANODD IMI

Ar gwr: ar ochr

Allwch chi feddwl am rai pethau eraill fyddai'n anodd iawn eu gwneud?

T. 96   UN SEREN WEN

Lechweddau: llechweddau, ochrau'r bryn

O'i fodd: eisiau gwneud

Hael: caredig

Llwm: tlawd

Glaer: claer, clir

Pam ydych chi'n meddwl fod y gair 'un' yn cael ei ailadrodd nifer o weithiau yn y gerdd yma?

T. 97   MASARNEN

Sigl: symudiad yn ôl ac ymlaen

T. 98   TRI PHETH SY'N ANODD 'NABOD

diwarnod: diwrnod

Gau: cau, yn wag

Beth vdych chi'n meddwl ydy ystyr 'dauwynebog'? Ydy bod yn ddauwynebog yn beth da?

T. 98   NYTH

A wyddech chi fod angen cael caniatâd cyn mynd ati i adeiladu tŷ, hyd yn oed os mai chi sy'n berchen y tir? Ond mae adar yn gallu adeiladu nyth heb unrhyw fath o ganiatâd gan neb!

T. 99   GWENOLIAID

Yn graff: yn ofalus

Chwedleua: siarad, trafod

Ydych chi wedi sylwi ar yr adar bach yn cyrraedd Cymru bob gwanwyn? Mae ganddyn nhw fforch yn eu cynffonau. Maen nhw'n hawdd eu hadnabod. Chwiliwch amdanyn nhw yn yr haf, ond welwch chi mohonyn nhw yn y gaeaf!

T. 100   JAC Y DO

Ydych chi wedi edrych ar berson arall yn gwneud rhywbeth? Mae'n ffordd wych o ddysgu! Ydych chi'n gwybod yr hen rigwm am Jac y Do yn eistedd ar ben to?

T. 101   YSGOL HAF

Boitj: poitj, cymysgedd

Mae dihareb gennym ni sy'n dweud 'Man gwyn, man draw.' Beth ydych chi'n meddwl yw ystyr hyn?

T. 102   CILMERI

Nesâi'r gelyn: roedd y gelyn yn dod yn agosach

Gynnau: eiliad yn ôl

Yn y flwyddyn 1282, cafodd Llywelyn ein Llyw Olaf ei ladd gan y gelyn yng Nghilmeri, wedi brwydro'n ddewr yn erbyn y Saeson. Yn y gerdd hon, mae Gerallt Lloyd Owen ei hun wedi mynd i union yr un lle, a sylweddoli ei fod ef yn gweld a chlywed a theimlo yr un pethau â Llywelyn.

T. 103   RWY'N GWYBOD

Llyncu mul: pwdu

Mae'r gerdd hon yn llawn o idiomau: llyncu mul, tywydd yn troi, mynd dros ben llestri. Ydych chi'n gwybod am fwy o idiomau? Beth am fynd ati i ddarganfod rhai?

T. 104   TWYLLO MAM

Drybeilig: trybeilig, ofnadwy

Angau: marwolaeth

T. 105   ANRHEG RESDA
Redsa: enw merch fedydd y bardd, cafodd y ferch ei geni ar Ynysoedd y Philippine
Aquino: arweinydd Ynysoedd y Philippine a gafodd ei lofruddio
Magellan: anturiaethwr ar y môr a gafodd ei ladd mewn brwydr ar Ynysoedd y Philippine
Angelus: cloch yr eglwys yn arwydd ei bod hi'n amser addoli
Prysgwydd: coed bach, llwyni

T. 106   TESTUN SGWRS
Allwch chi ateb y ddau gwestiwn sydd ar ddiwedd y gerdd?!

T. 107   Y MORGRUGYN
Y waun: darn o dir
Mae'r morgrugyn hwn yn unig, ar ei ben ei hun. Ydych chi wedi gweld person felly erioed? Byddai'n braf meddwl ein bod ni'n gallu helpu rhywun unig fel y gwnaeth Waldo Williams i'r morgrugyn.

T. 108   FFRINDIAU BACH A MAWR
Newydd sbon: newydd iawn

T. 109   GALW ENWAU
Sïo: sibrwd
Cosi: crafu'n ysgafn
Ddistyll, distyll: trai
Trai: pan fydd y môr wedi gadael y traeth
Llanw: pan fydd y môr wedi cyrraedd y traeth
Bathu: creu
Yn yr ail a'r trydydd pennill mae nifer o enwau o fyd natur, fedrwch chi ddod o hyd i'w hystyron?

T. 110   HEDDIW
A ŵyr: yn gwybod
Meddyliwch beth oedd y peth mwyaf caredig a wnaethoch chi heddiw i rywun. A wnaethoch chi fwynhau ei wneud?

T. 111   HEN WLAD FY NHADAU
Gwrol: dewr
Mad: da
Pleidiol: cefnogol
Fur: mur, wal
Bau: pau, gwlad
'O bydded i'r heniaith barhau' – mae'r llinell yma yn dangos dymuniad y bydd yr iaith Gymraeg yn para am byth. Mae hynny'n siŵr o ddigwydd, dim ond i bobl a phlant ei defnyddio ddigon.
Tad a mab o Bontypridd, sef Evan James a James James, a gyfansoddodd ein hanthem genedlaethol, tua 150 o flynyddoedd yn ôl.

T. 111   CANU WNAF
Ar frig: ar ran uchaf
Mae'n siŵr fod llawer o bethau yn eich blino neu eich poeni. Beth am ddweud y pennill bach yma y tro nesaf y bydd rhywbeth diflas yn digwydd i chi?

CYDNABYDDIAETHAU

Dymuna Gwasg y Dref Wen ddiolch i'r canlynol am eu caniatâd i gynnwys y cerddi a geir yn y llyfr hwn.

Gwasg Gomer am
Dawns y Dail, Traeth y Pigyn, Sŵn, Misoedd
y Flwyddyn a Cwm Alltcafan gan
T Llew Jones
Taith Iaith gan John Gwilym Jones
Y Draenog gan J Eirian Davies
Y Morgrugyn, Cofio a Cwm Berllan gan
Waldo Williams
Cân Brychan a Nadolig gan Dic Jones
Nyth gan Roger Jones
Gweddi Eli Jenkins gan Dylan Thomas /
T James Jones
Rhyfeddodau gan W Rhys Nicholas
Jac y Do a Heddiw gan Tudur Dylan Jones
Dawns y Don, Trên Gwyliau, Cenhinen Pedr
a Caseg Wen yw Cwsg o Hyd
gan Ceri Wyn Jones
Tachwedd gan Isfoel
Ar Ben y Lôn gan Sarnicol
Melin Trefin, Y Sipsi, Y Border Bach,
Dysgub y Dail a Llythyr gan Crwys
Dic Aberdaron gan T H Parry-Williams
Y Gorwel gan Dewi Emrys
Ynys Sgogwm gan J Glyn Davies

Barddas am
Darllen y Map yn Iawn a Parablwyr Enwau
gan Twm Morys
Llaw, Twyllo Mam a Dyn Eira gan
Tudur Dylan Jones
Fy Ynys I gan R Bryn Williams
Anrheg Redsa gan Gwyneth Lewis
Testun Sgwrs gan Glyn Evans
Ci Defaid gan Idris Reynolds

Gwasg Gee am
Eifionydd, Tylluanod, Hen Lyfr Darllen a
Clychau'r Gog gan R Williams Parry
Clychau Cantre'r Gwaelod gan J J Williams
Y Darlun a Pe Bawn I yn Artist gan
T Rowland Hughes
Cwningod, Y Lloer, Y Pabi Coch
a Morys y Gwynt gan I D Hooson
Ysgol Haf gan Gwyn Thomas
Carol y Crefftwr gan Iorwerth Peate

Gwasg Carreg Gwalch am
Glanyfferi, Masarnen a Dim ond Geiriau Ydi
Iaith gan Myrddin ap Dafydd
Fy Mab, Rwy'n Gwybod a Blwyddyn o
Liwiau gan Meirion MacIntyre Huws
Mur Clwt Lloer gan Iwan Llwyd

Arwel John am
Un Seren Wen

Menna Elfyn am
Galw Enwau

Myrddin ap Dafydd am
Rhai Geiriau

Meirion MacIntyre Huws am
Beth yw'r Brys?

S4C am
Lle Bach Tlws, Ystrad Fflur a Gwenoliaid
gan T Gwynn Jones
Nant y Mynydd, Llongau Madog, Wrth
Ddychwel Tuag Adre ac Aros a Myned gan
Ceiriog
Cwyn y Gwynt gan John Morris-Jones
Atgo gan Hedd Wyn

Gwasg Gwynedd am
Cilmeri a Hen Genedl gan
Gerallt Lloyd Owen

Gwasg Taf am
'You're Not From These Parts?' gan Iwan
Llwyd

Gwasg y Bwthyn am
Y Ci Defaid gan Thomas Richards

Gwasg Dinefwr am
Yr Afon gan Caradog Prichard